花《はな》嫁《よめ》化《け》鳥《ちょう》

寺山修司

角川文庫
22748

目次

風葬大神島

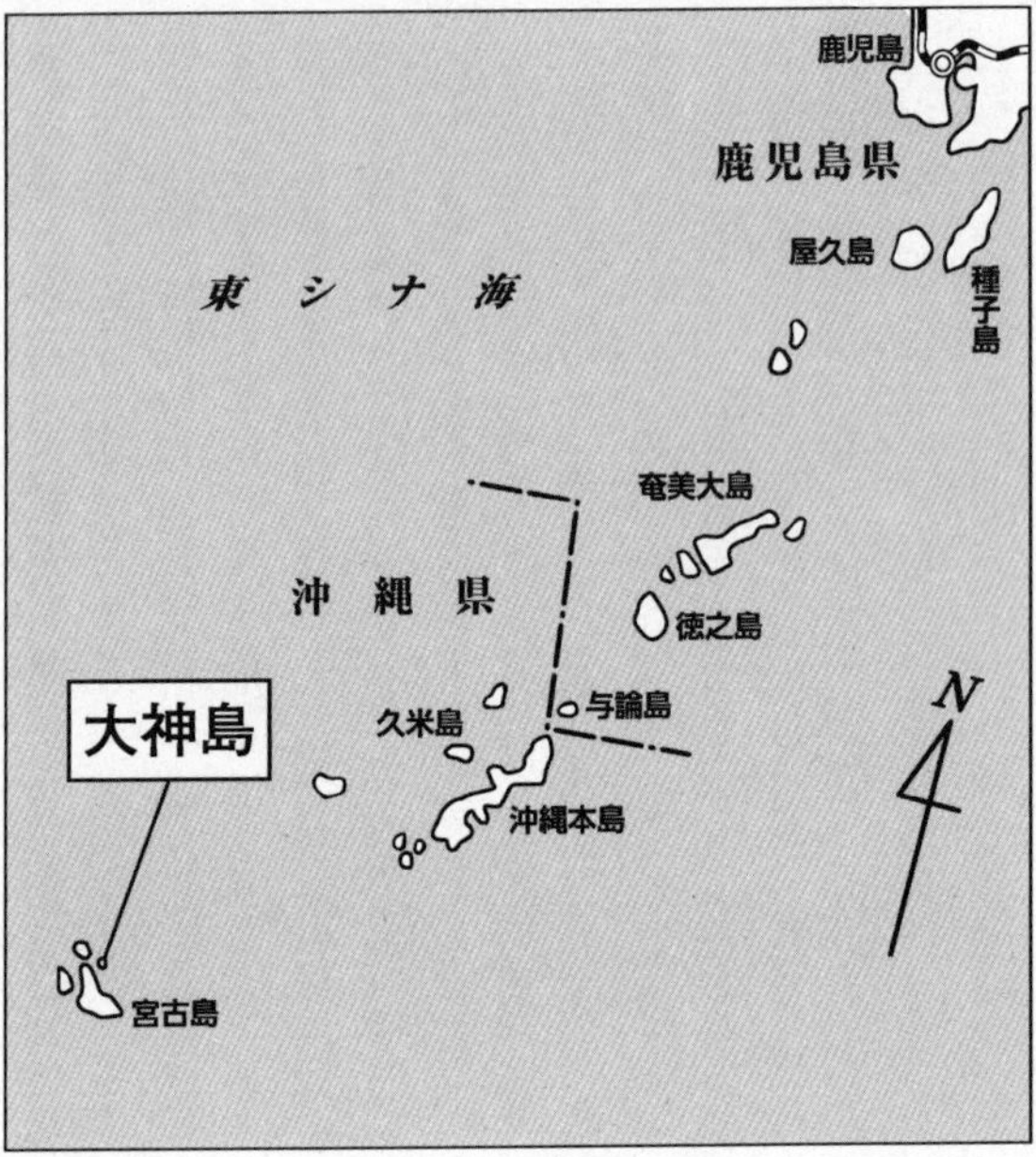
鹿児島
鹿児島県
屋久島
種子島
東シナ海
奄美大島
沖縄県
徳之島
大神島
久米島
与論島
沖縄本島
宮古島
N

手毬《てまり》つく老婆

大神島《おおがみじま》は老婆の島である。

老婆の他には子どもしかいないように見える。

日が沈む頃になると、岩の上に大鴉《おおがらす》が群がってきて啼《な》きはじめる。

なぜ、老婆と子どもしかいないのか、と考えてみるだけで、誰《だれ》でも一篇の物語作家になれることだろう。たとえば、

「実は、あの子どもたちは本土で神かくしにあった子ばかり。そして、老婆たちは皆、人さらいの末裔なのだ」、と。そういえば、子どもたちの両親を探《さが》し出すことは、この島では至難の業である。老婆と手毬《てまり》をついている子どもたちを見ていると、この子たちのほんとの家は、どこか誰も知らない本土の町にあって、そこでは夕餉《ゆうげ》の仕度ができ、テレビがはじまっており、母親が戸を半分あけて、「ごはんですよ」と呼んでいるのではないか、と思われてくるのだ。

島にはいつも荒涼とした風が吹いている。

よく見ると、子どもたちには知能の低い子が少なくない。これは近親結婚が多すぎて、遺伝の血が次第に濁りはじめたからだと言われている。子どもたちも老婆たちも、あまりしゃべらない。彼らは何者かに「島流し」にされたのであり、その正体をまだつかんでいないのである。私は、この島へ来たからには、何とかして謎《なぞ》ときをしなければならない、と思った。

私の舟が島の突端に着いたとき、岩窟《がんくつ》の上に見える古びた一軒家の雨戸が、ほんの少しだけひらき、そこから誰かがこっちをじっと見ているのがわかった。やがて雨戸が閉まり、白髪の婆さんがとても信じられないような素軽さで、身をひるがえして岩がちの細い道を馳《か》けのぼっていった。

他の島民に、何者かが島にやってきたのを知らせるためであろう。私は、自分が招かれざる客であることを知った。柳田国男《やなぎたくにお》は、沖縄の半島について、「青年団の発会式に、雀《すずめ》の迷いこんだのをこの会の隆《さか》んになる瑞祥《ずいしょう》だと喜びあったのは、近年のことである。だが、これは内地風の考え方に化せられたのであって、老人仲間では今でも鳥が家の中に入ることを忌んでいる」（琉球の宗教）と書いている。

老人たちは一羽の鳥が家の中に迷いこんだだけでも、これを「穢《けが》れ」と考え、一家浜下りをして、禊《みそ》いだのだそうだ。

こうした排他的な老人たちの考えの根底にあるものはいうまでもなく内部統一の原理であって、彼ら自身が生きのびるための方便でもあったのだろう。青年団もなければ、壮年もいない離島の大神島では、島全体が一軒の家になっていて、私のような一羽の鳥が迷いこむこともまた、「穢れ」として、忌まれていたのである。

漁師は片目の男

私は島へ着くと、小さな分教所に荷物をおいた。ここは、漂流難破した者や、民俗学的な興味で島にもぐりこんだ者にとっての、数少ない宿なのであった。教室の片隅《かたすみ》に寝袋をおき、そこで眠ることになる——外来者を忌むこの島では他土地のような「民宿」などは、とてもむずかしいことなのである。私は持ってきた蠟《ろう》燭《そく》をともして、「大神島を記述する試み」をはじめた。

きこえてくるのは、波が岩にぶっつかる音ばかりだった。

「大神島は、つい最近まで風葬の行なわれていた島だという」と私は書き出した。

たしかに、この島では風葬の趾《あと》があちこちにある。舟が着いたばかりのとき、私は岩礁をわたって、分教所に上る途中の草のしげみの中で、いくつかの白い骨と頭《ず》蓋《がい》骨《こつ》を見た。そこは、浜に流れ着いて波に洗われた木片か何かのように、さりげなく投げ出されてあったが、数十年前には生きてこの村で漁をしていた男たち、あるいは留守を守って子守りしていた女たちの遺跡なのであろう。だが、陽ざしの中にあばかれてある風化された骨には、もはやそうした人生の物語などの名残りはのこっていなかった。

——この島では、

と、私を島まではこんでくれた漁師が言ったものだ。畳の上で死んだ自然死の死体だけが、オヤヤームツに入れてもらえることになっています。

——オヤヤームツっていうのは何ですか？

と私はきいた。

——村の共同墓ですよ。

と漁師が答えた。

——ということは、自然死じゃない死は、べつの墓に入れられるということになるのですか？

——むかしは捨てられて風葬にまかされていたのですが、最近では三年間べつの墓に入れておき、三年たったら骨を洗ってオヤヤームツに入れ直すんですよ。大体、漁で死んだのは三年、病気、怪我《けが》などによっては五年、七年と分類されることになるんです。

小さな島の習俗の中には、さまざまの階級が必要とされることは知っていたが、死にまでこうした差別があるということは知らなかった。恐らく、島の共同体の意識はオヤヤームッを聖化し、「死後を一緒に暮す」ことによって浄化されるのであろう。死んでから、一人で投げ出されるのがいやだから、島民たちは統一の理を守り、排他的なまでに島の掟《おきて》をつらぬこうとする。だが、それにしても自然死以外のすべての死が穢れているとする考えは、一体どこからやってきたのであろうか？

——子どもは死ぬとヤラベバカというべつの墓へ入れられます。

——一人前じゃないと、オヤヤームッに入れてもらえないという訳だな。

と私は感心した。

この漁師は、片目の男だった。

こうして「外来者」を島へはこぶこと自体、見つかるとひどい目にあうことなんですよ。

と片目の男は言った。

——オヤヤームッに入れてもらえなくなるな、と私は笑った。生と死とが、それぞれ独立した世界に属していて、それぞれで共同生活の掟を保っているというのは、もしかしたら、生きているあいだに誰かに島から逃げ出されては困るのと同じように、死んでからまで運命を共同にしたいという島民たちの願いでもあるのだろう。自然死なのに、まちがって病死と診断されて、三年墓に入れられた死体が、家族たちの抗議によってオヤヤームッに移されるとき、わざわざ畳の上にふとんを敷いて、もう一度「死に直した」という話もある、ときいたとき、私はふと古代ギリシアの死の誤認の民俗を思い出した。彼らの時代には、何かのまちがいで生きているのに死亡したと推定されて葬儀を行なわれてしまった者は「再び生まれる」ことを意味する儀礼を受けるまでは、死人としてしか扱われなかった、というのだ。

戦死の誤報のあとで、生きて帰ってきた男たちは、女の膝《ひざ》の間をくぐり抜けて、体を洗われ、襁褓《むつき》にくるまれ、子守に渡されて子守唄をうたってもらうまでは、生きている人間たちと伍《ご》すことが許されなかった。こうした呪術《じゅじゅつ》は、恐らく未開社会における生活の知恵である。支配者は、自らの秩序を維持するためにわざわざこうした形骸化した儀式を利用したのである。

パノラマ島奇譚

あくる朝早く、分教所へやってきた女の子に、私がキャラメルを四つやったら、三つ貰《もら》って一つ返してきたので、不審に思って、

——どうして一つ返すの？

ときくと、女の子はだまって後退りするのだった。

全部貰っちゃわるいと思って一つ返したのかな、と言うと、見ていたこの分教所の上里先生が、

――偶数だからですよ、きっと。

と教えてくれた。

――この島じゃ、偶数はとてもきらわれているんですよ。

そういえば、四は死だった。私は、こうした表音の字謎に興味を持たなかった訳ではない。四二と並べると(死に)となり、一九と奇数を並べると(生く)となる。八八五六四と並べてハハコロシ(母殺し)。八八四二、〇〇一九と並べてハハシニ、ワレイク(母死に、われ生く)となる。だが、こうした遊びが、子どもの日常にまで及んでいるとは、考えてもみなかったことである。

――この島じゃ、ツカサが三人いるということになっています、と先生は言った。一家でも長男、三男は大切にされ、次男、四男はそんなに大切にされません。奇数がいいというのは、そんな深い考えから出たものではないかも知れませんが、一つの習俗になっていることはたしかです。

授業がはじまると、私の居場所がなくなるので、私はトンバルと呼ばれる遠見原に

のぼってみることにした。いままで、この島へやってきた何人かの旅行者は、この島の頂上にのぼってみたいと考えては島民に案内させたが、すぐそこに見えるトンバルにはなかなか出ず、いくつかの繁みや沢を曲りくねり、迷路にまよいこんで果せなかった、という話をきいていたが、そこは実際に目の前に見えていながらなかなか遠いのだった。

そこで近道をまわろうと思って、子どもに案内をたのむ。子どもは早足で先導してくれるのだが、あちこちまわって、結局またもとの道にまい戻ってしまう。もう一度、はじめからのぼりはじめるのだが、同じくりかえしになる。ふと気がつくと、ふもとの民家の戸がうすく半びらきになり、そこからじっとこっちを見ている目があることに気づく。それは、まぎれもなく、ただの好奇の目とは違った何かだった。

——沖縄や本土からやってくる人に気を許してはいけない。

道を訊《き》かれても教えてはいけない、というのは、この島の誰でも守っている掟の一つであった。

「本土や沖縄からやってくる人たちは、聖域を踏みにじり、写真をとる」。そして、写真をとると影がなくなって人は死ぬ、その一つの例が沖縄の島々を紹介するきっかけとなった川村只雄氏の訪島である。

「川村さんは、ずかずかと入ってきて、勝手に写真をとり、それからまもなくツカサが死んだ」というのだ。こうした外来者への拒絶反応は、島民の統一の原理だけではなく、歴史に記述されなかったいくつかの「外来者のもたらした恐怖」によって裏付けられたものだろう。

たとえば、この島には海賊伝説が古くから残っている。陽あたりのいい、南国の豊《ほう》饒《じょう》の小島に、あるとき突然、海賊の一団がやってきた。

島民たちの大部分は島の東にあるトーヤマの洞窟《どうくつ》にかくれ、大浦の兄妹だけが逃げおくれて、ウプガーヤマの洞穴にひそんでいた。ところが、たった一人の子どもだけが逃げ場を失って泣きながらトウモロコシ畑を走っていた。

そこで海賊たちは、この子どものあとを蹤《つ》けて行ってトーヤマの洞窟を発見し、そこにかくれている島民たちを発見し、全員焼き殺してしまった。それから海賊たちは、この島に金銀財宝を埋蔵して島を出て行った。だれもいなくなった島の西で、難をのがれた大浦の兄弟は夫婦になり、子どもを作り幸福になった——というのが話の大要である。この話が史実にもとづくものかどうかは調べる由もないが、小島の歴史が被虐と被奪の歴史だったことは、充分に予想される。

長いあいだに、外来者によって犯され、踏みにじられ、殺されてきた島民たちが、「海の向うからやってくるのは鬼ばかりだ」と思うようになったとしても、それをただの排他意識とか離島根性と言ってしまうのは、気の毒だという気もするのである。

思えば、この伝説には、

㈠兄妹結婚の正当化

㈡島のどこかに宝が埋めてあるから、外界と交流しなくとも貧しくない、という内部説得

といったものが潜在していることがわかる。実際すぐ隣の宮古島《みやこじま》はドイツ商船救助の美談を持ち、いまは観光の島となっていた。このことは外国船がやってきて島民を洞窟に押しこんで焼き殺してしまったという言い伝えを持ち、いまも因習呪術の島と呼ばれながら、外来者を拒《こば》みつづけている大神島と好対照となっていた。島の中腹までのぼると、ここの部落はすべてが南向きであることがわかった。草ぶかく、全体としては白茶けた印象である。

何本かの蛇行《だこう》する道がトンバルから、部落内部をまがりくねって海に注いでいる。どの民家もセメント瓦《がわら》で、壁もまた季節風に耐えるように、セメント壁になっている。したがって、家の色は全体に灰色であり、それがますますこの島の生活を「島流し」のように見せているとも思えた。土の上に無造作におかれているナベ、カマ。ヤモリの這《は》いまわっている土間、天井。二年前に新しい発電機器によって石油ランプと縁を切ったものの、島中の電気は六時につき、十一時になると消えてしまうのだ。

私は少年時代に読んだ江戸川乱歩《えどがわらんぽ》の「パノラマ島奇譚」を思い出していた。

それは、プラトン以来の数十種理想国物語、無可有郷《むかうのさと》物語を耽読した主人公が、ついには「カベの『イカリヤ物語』よりもモリスの『無可有郷だより』に、モリスよりはさらにエドガー・ポーの『アルンハイムの地所』の方に」惹《ひ》きつけられ、一つの島を買ってそれを自分が夢想しつづけて来たユートピアにするため犯罪を起すという小説で、作中、狂気と淫蕩《いんとう》、乱舞と陶粋の人工的な歓楽郷の代償に一人の男が生き埋めになる箇所さえあった。

私は、まっくらになった大神島の分教所の片隅で、この島の人たちにとっての生甲斐《いきがい》とは何かについて考えない訳にはいかなかった。大海に浮ぶ、小さな離島。そこから決して出ようとしない島民たちと、いまでもイワヌイワ・ヌパナ（足をふみ入れたら必ず死ぬ）と呼ばれる聖地。そして近親結婚によって、三代さかのぼれば全部血がつながるといわれる系図と、低い知能とテンカンの泡《あわ》をふく子ども。誰もが口をつぐんで、決して話そうとはしない神祭りの秘事。――そして、一日中ゆったりとよせては返す南海の潮。それらはあまりにも謎めいて、私をなかなか寝かしつけてはくれないのであった。

海賊キッド騒動

古い沖縄の新聞のファイルを見ていたら、大神島の海賊の埋蔵金伝説に関する記事が出てきた。それによると、「東経一二五度の東支那《ひがししな》海のサンゴ礁の島に、海賊キッドが財宝を埋めた、と米紙が報じたために、大神島がにわかにクローズ・アップされるようになった」のだという。昭和十二、三年頃のことである。

大神島は、東経一二五度二〇分の位置にあるサンゴの島だが、あたりにはその記事に該当するサンゴ礁は存在しなくなってしまったので、誰を問わず、島の「埋蔵財宝」に目をつけるようになった、という。宮古島のユタ（占い師）たちも、大神島には膨大な財宝があると口をそろえて言い、昭和十四、五年頃には本島や宮古の山師が、それを掘り出しにきて、神域を犯しては「たたられて」、早死にして行った。

手毬《てまり》をつく一人の老婆は、

「会社がウタキから掘り出したのは、にんげんの骨ばかりだったんじゃ」と言った。

ウタキというのは、宝が埋めてあると思われている聖域のことである。

「みんなタタリなんだ」

老いた漁師も言う。

「宮古の旅館のかみさんは、ウタキを掘りにきたばかりに、早死にしてしまった」

思えば、この海賊キッド騒動が、この島の唯一の注目された史実であり、いまではそのことさえ、忘れられた島になってしまっている。島の小高い場所に立って眺望《ちょうぼう》すると、ここは民俗学の関心の的の島でも、無可有郷でもなく、ただの文化果つるところであり、とりのこされた人々の離島にすぎない。「外来者」のアメリカ兵がやってきて、蛇行する道にセメントを流して平らにし、完成しないうちに中断してしまったので、海に近い部分だけが舗装されている。医者は一人もいず、娯楽施設もない。立派なのは墓ばかりである。水道もなく、銭湯もなく、当然のように過疎化しつつある。

主な収入は池間島のイワシ漁であり、それに「出稼《でかせ》ぎ」に行ってしまうので、家には老婆と子どもだけが残されるのだ。シロダイ、イセエビなどもとれるが、自慢はイカで、一人、三十斤《きん》位ずつ水揚げする。（一匹で七、八斤のがとれることもある）区長が行政の中心になっているが、それとはべつにツカサ（司）が三人いて、それが一年に五度ほどのマツリをして、さまざまのことをとり決めている。このマツリはきわめて閉鎖的なもので、期間中、外来者はすべて島の外へ出されるのである。

どんなに親しそうにしている子どもでも、老婆でも、マツリのことを訊くと口をつぐんでしまい、そのことだけは決して語ろうとはしない。しかし、マツリがこの島で果している役割は祈禱《きとう》と供犠によって宗教的に着色され呪術化された、もう一つの行政であることは間違いがないのだ。おそらくその法則は一人の超人格的能力者の霊的干渉によって生み出されたものではなく、多くの現象の結果、不可避的に形成されたものであり、盲目的ではあるが秩序的なものなのである。

私は、それについて語ることを禁忌としていること自体が、「神秘化しようとするものか外的干渉によって因果的連鎖がくずれることを恐れているか」知りたい、と思った。

岩に腰かけて、一人の老婆と長いあいだ話しこんだ末、やっと打ちとけてきた彼女に訊いてみた。

——島のツカサは何という人ですか？

——一のツカサはトモリカナシさんじゃ。

と老婆は言った。

——トモリミツのとこのおっ母さんだよ。

——二のツカサは？

——二は忘れた。

三はカリマタカメさんだったが、年をとりすぎて今はいない。

——マツリの日どりはトモリ婆さんが決めるのですか？

——いや、ウタガが決める。ウタガは日をえらぶ。

――どうやって？

――友引とか仏滅とかをさけるために。

だが、自転車をのりまわしている島の「若い衆」は、もはやこうしたマツリから遠ざかりつつある。彼らは漁で得た金で宮古へあそびに行き、そこでビートルズやローリング・ストーンズと出会い、世界にはもう一つの「事物の運行の法則」があることに目ざめているのである。

――こんな島には、いたくないよ。

と彼は言った。

――遊ぶところもないし、ね。

開発されてないところを面白がって見にくる学者や観光客にさらしものにされるのは、親の代まででで沢山ですよ。

たしかに、すでに力を失った祭政一致、テレビ時代の呪術は変容をせまられるだろう。それを「もとのまま」で保存しようとする者がいるとしたら、それは人類学や民俗学の横暴というしかない。

「島流し」の不幸

この島で、ほとんど「島民」と同じ扱いをうけて、民宿しながら研究をつづけている民俗学者の鎌田久子女史に、島について訊《き》きに行くと彼女もまた口をつぐんでしまうのであった。

「ことしの八月頃、聖域をふみにじられ、写真をとられたからすぐ来てくれ、と言われまして、行ってきたんです」

と彼女は、暗黙のうちに私を非難した。

「島のことは何も話せません。島の人たちと同じようにタブーを守らないと、島の人間になりきることができないからです」

それでも、二、三の質問に応じてもらう。

――大神島の人たちが偶数を忌むのは、なぜだと思いますか?

――そんなことはありませんよ。

――子どもたちはどんな遊びをするのでしょう。

――内地と同じですよ。

かくれんぼとか鬼ごっこ。べつに特別のあそびはありません。

——欠員になったツカサ、カリマタカメさんのあとがま候補はだれですか？

——島では、この二、三年にツカサは欠員になっていません。大体、カリマタカメさんはツカサじゃありませんよ。

（ここで、私は最初の障碍物《しょうがいぶつ》にぶつかったことになる。岩の上に腰かけて、私にカリマタカメという婆さんの名を教えてくれた婆さんか鎌田女史か、どっちかが私にうそを言っていることになるのだ。しかも、カリマタカメという婆さんは「実在」しているという）

——それじゃツカサをしているトモリカナシさん。

トモリミツさんの母親だそうですが、彼女の一家について知りたいのですが。

——トモリさんの家にはミツさんという人はいません。

——ではカナシさんは？

彼女はツカサではないのですか？

——…………

——島の聖域を守ろうとするのは、排他意識につながるとは思いませんか？

——聖域は本来的に「聖なるもの」で、排他的なものじゃありません。

——では、マツリについてもっと話してください。

——それはタブーなのです。

そこで、私は話題をかえて、

——島の若者たちが、外へ出て行こうとし、次第に過疎化している現象をどう思いますか？

と訊いてみる。

彼女は首をふる。

——そんなことはありませんよ。島の若者は南洋漁業で収入も少なくないし、それに金に執着もないので、島を出たがったりすることもないのです。

（だが、この考えは島の「婆さん」たちと同じものであって、決して真実ではない。若者たちは、すでにマツリから遠ざかりつつあるのである）

——島で犯罪とよばれるものは？

——最近ありません。

（それから、彼女は島の人たちに排他意識をうみつけたものがあるとすれば、それは取材に出かけて行って写真をとりまくる人たちのせいですよ、と言った。川村只雄氏が勝手に写真をとり、それからツカサが死んだ。写真をとるのは、とんでもないことだ、というわけだ）

——私でさえ、いまもってノートをとることが、許されていないのです。

だが、鎌田女史は「大神島の民俗」には興味を深く持ちながら、同時に大神島の人たちの生甲斐《いきがい》を裏切っているのではないか。島民になりすまし、島の呪術《じゅじゅつ》的な習慣を記述することで、島民たちと新しい文化との出会いをはばんでいるのではないか、何よりもたしかなことは「過去の保存」のためにばかり心をくだき、いまも現実の桎梏《しっこく》に目かくしをさせようとしていることである。大神島の不幸は、いわば「島流し」の不幸である。彼らは、もっと見たいし、知りたいのだ。彼らは観察され記述されることではなく、まず生活することの権利を要求しているのである。おそらく聖化されたマツリの内実も、あばいてみれば何ほどのことでもないだろう。それは、フレーザーが呪術について書いたように、「その致命的な欠陥は、法則によって決定される現象の因果的連鎖についての全体的な想定のうちに存するのではなくて、その因果的連鎖を支配するところの特殊な法則の性質に関する全体的誤認のうちにある」のである。だれも出会いをはばむことはできない。民俗学者も人類学者も、人が「在る」ものではなく「成る」ものであることを知る自由の前に立ちふさがることなどできないのである。

人はだれでも写真をとりまくり、写真が殺人機械ではないという新しい認識を持たせる自由がある。奇習の民間医療よりも、発熱にはペニシリンの方が効くことを教える自由がある。政治を軽蔑《けいべつ》するものは、軽蔑すべき政治しか持つことができないということを知る権利がある。そう思いませんか、鎌田さん。

悲しいあそび

日が沈む頃になると、大神島の子どもたちはかくれんぼをしてあそぶ。

かくれんぼは悲しいあそびである。

外来者の侵略を潜在化したこの島の子どもたちのかくれんぼは、実に見事にかくれてしまう。

鬼が目かくしをとると、もう島には一人の子どももいなくなってしまい、ただ波の音がきこえるばかりである。

トーヤマの洞窟《どうくつ》で焼き殺された島の祖先は、かくれ方がうまくなかったから皆死んだ。だが、子どもたちは息をころし、一度かくれたら、月が出るまで姿を見せないのだ。

私は自分の子どもの頃の悪い夢を思い出していた。かくれんぼをして、納屋《なや》の藁《わら》の中にかくれ、鬼の「もういいかい」という声を遠くにききながら、うとうとと眠ってしまった私が、ふと目をさますと、外はもう冬で、窓の外には雪が降っていた。

ふいに戸があいて、「まだかくれていたのかい」という声と共に、背広を着、あるいは子どもを抱き、髭《ひげ》をたくわえ、すっかり大人になってしまったかくれんぼ仲間たちがそこに立って私を哄《わら》いだすのだ。私は、身をちぢめ、かくれ通した誇りさえすっかり失って、大人になってしまった皆をまぶしそうに見あげながら、何かが「もうとりかえしがつかなくなってしまった」ことを悟り悲しくなってしまうのである。

私の夢の中には、遠い南国の果ての大神島は出てこなかった。しかし、大神島の中には、こうした悪い夢が一杯あるのだった。

あわれ、

去年《こぞ》の雪いまいずこ

比婆山伝綺

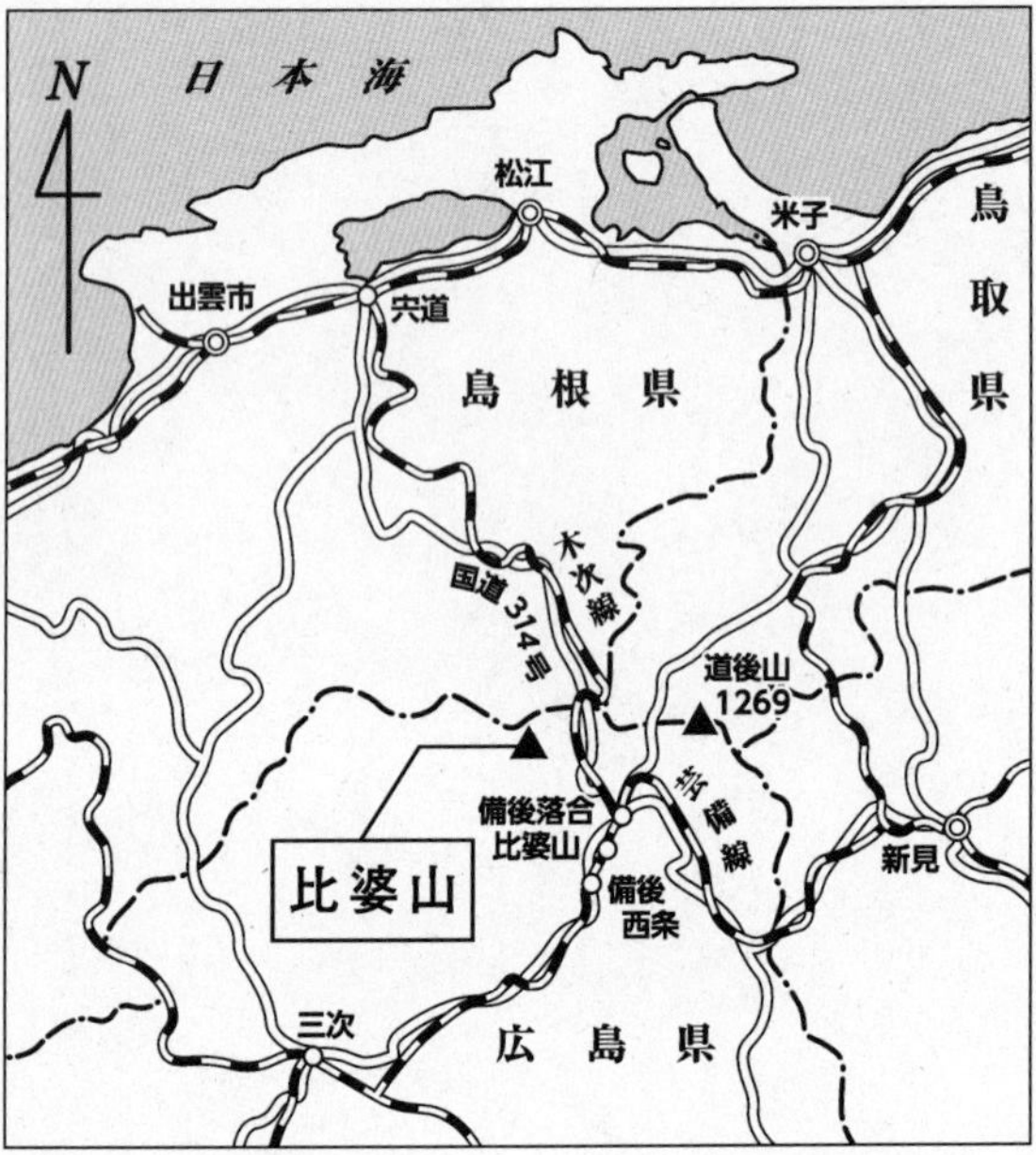
N
日本海
松江
米子
鳥取県
出雲市
宍道
島根県
木次線
国道314号
道後山
1269
芸備線
備後落合
比婆山
新見
比婆山
備後
西条
三次
広島県

狼少女はどこへ

私たちの天井桟敷《さじき》にも特別出演してもらったことのある狼《おおかみ》少女愛子さんは、実はもう四十をすぎたおばさんであった。

彼女は十メートルの大蛇《だいじゃ》を軽々と抱きあげて体にまきつけて見せる怪力の持主でもあったが、その呼び文句は、

〝少女時代に山中に捨てられたところ、狼に拾われて育てられ、夜になると四つ足で歩く、世にもかわいそうな娘です〟

というのである。

彼女を花形とする一座は天幕をかついで、あちこち旅をしてまわっているのだが、年を老《と》った人たちは、じぶんたちの子供時代にニュースになった狼少女の実話と愛子さんとをダブルイメージして、その小舎《こや》の中へ誘いこまれるように入って行くのであった。その実話というのは、今から五十年前に印度《インド》のベンガル州ゴタムリという山村の奥で、狼の親子に育てられた二歳と八歳の女の子のことである。

村人に発見され、アマラとカマラと名づけられた二人の狼少女は孤児院に引きとられたが、人間社会になじむことができず、アマラは発見後一年、カマラは発見後九年で死んでしまった。二人の狼少女の特色は、頰《ほお》がこけて目が鋭く、手足が異常に長く、生肉を好んで食べ、夜、あたりが寝しずまると四つん這《ば》いになって遠吠《とおぼ》えすることであった。

村人たちは、この遠吠えを「山恋い」と言って、奥山に棲《す》んでいる狼の母親を呼んでいるのだろう、と噂《うわさ》しあったものだ、という。

また、池袋《いけぶくろ》のバーのホステスで、美人なのに文字をまったく知らず、戸籍もなく、生い立ちについても決して口を割らない子がいて、その子が実は「山から下りてきた」のだ、という話をきいたことがある。

あの晴れた遠山には、まだまだ社会化されていない人獣の共同生活があったり、われわれの想像のつかないような山人、天狗《てんぐ》、山伏、隠遁《いんとん》者がいるのかも知れないのだ、と思うと、山を遠望しているだけで、なぜか心が沁みてくるのだった。

比婆山に怪獣がいる

ところで広島県の西城《さいじょう》町の比婆山《ひばさん》に怪物が出る、と言われるようになったのは、昭和四十五年頃からだから、五年も前の話である。

怪物は類人猿だという説からイタズラ説までさまざまあったが、その中に「狼少年」説もあるときいて、私はにわかに心を動かされた。

何とかして、その怪物、もしかしたら狼少年かも知れないものに逢《あ》ってみたい、と思ったのである。

私は東京のアパートの牛乳新聞箱に「一週間ほど旅行します。入れないでください」と貼紙《はりがみ》し、洗面用具と二、三の書物（横溝正史の「八つ墓村」、レヴィ・ストロース「今日のトーテミズム」など）を鞄《かばん》に入れて、汽車に乗った。

地図によると、西城町は島根、広島、岡山の三県の交差点にある。私はまず岡山まで新幹線に乗り、そこから急行（伯備線《はくびせん》）で、新見で乗り替え、二時間（芸備線）ほどで、西城に着く、というコースをとった。

西城へ着いたのは夕暮時で、駅を出ると霧雨が降っていた。

私はまず、見越さんを訪ねることにした。見越さんは西城町役場の農林商工課の中にある「類人猿係」に勤務している二十代の青年である。

「類人猿係というのは、ほんとはおかしいんですよ。まだ、類人猿かどうか決った訳じゃないんだから」

と見越さんはてれながら自己紹介した。

「ほんとは、怪獣係とでもすべきなんでしょうね」

私は、いままでの経過を訊ねた。目撃者は全部で十三人、大抵の人はうしろ姿しか見ていないが、三人目の目撃者の伊折茂さん（五十歳）のように、二メートル位近くで正面から見た人もいる。

伊折さんは家から十メートルも離れていない田で、いつものように稲に水をやっていた。もう日没時で、あたりは薄暗くなっていた。畔《あぜ》の前の方から、前かがみでだれかがやってくるのが見えた。

伊折さんはてっきり「うちのばあさん」だと思って、疑いもしなかった。ところが、すぐ前で顔をあわせたら「怪物」だった、というのである。

怪物は一メートル七十センチ位で、全身毛むくじゃら、頭部が異常に発達していて、目がギョロッとしている。特色はゴリラか、類人猿に似ている、という。

「この写真を見て下さい」

と言って見越さんが出したのは、一枚の類人猿的な写真であった。

「これは、十三人の目撃者の話から、われわれが作った怪獣のモンタージュ写真なんです」

と、見越さんが言った。

なるほど、写真の怪獣は二本足で、全身毛だらけで、頭にブラシのような毛が逆立っている。ガニマタ・奇形、セムシ男、むき出しの歯、といった目撃者の話は凡てとり入れられて、それがユーモラスに誇張されている。

「町では、怪獣に比婆山のヒバをつけて、ヒバゴンと呼んでるんです。目撃した人たちがお寺の奥さんだとか農協の理事、PTAの役員といった信用のおける人たちですし、出たらめだとはとても思えません。近頃《ちかごろ》では名城大学探険部の未確認生物調査隊をはじめ、神戸ボーイ・スカウト、拓殖大学探険部など、いろんなグループが来て捜査しているのですが、それらしい足跡を発見した位で、正体をつきとめたものは、まだいません。

町でも、いるといないとが半々位にわかれている、というのが現状なんです」

見越さんの家の窓からも、比婆山が見えた。山は雨でけむって、稜線《りょうせん》を失い、空と一体化して見えた。

あの山に、と私は思った。

ほんとに、モンタージュ写真のようなヒバゴンがいるのだろうか？　もしいるとしたら、こんなさむさの中でも写真のようにおどけた顔をしていられるだろうか？　ヒバゴンは一体何を食べ、どのようにしてさむさをしのいでいるのだろうか？　山には雲がかかり、私には限りない謎《なぞ》が立ちこめて来た。

名探偵金田一耕助の推理

旅館に帰ったがなかなか寝つかれなかった。雨はだんだん本降りになってきた。

私は、自分のかかえこんでいる謎と、読みかけの小説「八つ墓村」とが、いつのまにか入り交ってしまうのを感じていた。金田一耕助《きんだいちこうすけ》が、この比婆山の怪獣の正体について、推理しはじめていた。

私は、まどろみのなかで、それをきいてしきりにメモの鉛筆を走らせていた。

「最初に、類人猿という説だがね」

と、金田一耕助は言った。「目撃者たちの話から割り出された怪獣のイメージは、たしかに類人猿そっくりだ。類人猿、つまりオランウータンが、登録制をひかれる以前に密輸入され、それが脱走して山にかくれてしまった、ということは考えられないことではない」

私は、なるほど、と思った。

「だが、そのオランウータンが、この冬の気候に耐えて生きのびられるとは考えられないのだ」

金田一耕助はじっと私を見た。「そうだろう？　オランウータンはアフリカ産なのだから」

私は西城町役場の農林商工課の「類人猿係」という名刺や、役場の配布したモンタージュ写真の中のゴリラそっくりのイメージを思い出した。たぶん、人間そっくりでありながら山に棲んでいるもの、ということで、人びとは怪獣の印象の最大公約数を類人猿に求め、目撃者たちも自分の体験のリアリティを保証してもらうためにツジツマをあわせたのかも知れない。

「しかし、ニホンザルかクマという風には考えられませんか？」

と私は言った。「それならば、類人猿に似ていて、しかも山のさむさに耐えられる」

パイプからけむりがゆっくりと吹きあがった。金田一耕助はほとんど無表情だった。

「両方とも考えてみましたがね、ニホンザルの体重は二十三キロ以下です。たとえ奇形のサルとか超大物だとしても、その三倍以上も大きくなるなんてことは考えられない。ところが、怪獣の体重は六十―七十キロはあったと見られているのです。

クマということも考えましたがね、足跡はいつも二本足でした。クマが必要もないのに雪山を二本足で歩いたり、柵《さく》を越えるとき二本足でまたぎとぶなんてことは考えられない」

そう言われてみると、私も返す言葉がなかった。

歩幅一メートルでガニマタの足跡は、サルのそれではない。サルは歩くとき足指を内につぼめて歩くので、人間のようにモミジ型にひらかないが、残された足跡は指のかたちをはっきりとモミジ状にひらき、その先が丸まっているのだ。だから、安佐動物園長のように「生物学に無知な人間の考え出したイタズラだ」という説も出てくることになる。目撃者の証言のように「闊葉樹林から出て来て川を渡り、道路を横断し、住みづらい針葉樹林に逃げこむ」なんてことは、生物学の常識では考えられない。

「かと言って、イタズラだとも思えないが……」と、私が言うと、金田一耕助はうなずいた。

「イタズラじゃないね」

「じゃあ、一体何だと思いますか？」

と、私はズバリときいた。

金田一耕助はボソリと言った。

「人間だよ」

ヒバゴンの民俗学的考察

柳田国男の一連の「山人考」の中に、「山に埋もれたる人生ある事」というのがある。

「三十年あまり前、世間のひどく不景気であった年に、西美濃《みの》の山の中で炭を焼く五十ばかりの男が、子供を二人までマサカリで斫《き》り殺したことがあった。女房はとっくに死んだあとには十三になる男の子が一人あった。そこへどうした事情であったか、同じ歳くらいの小娘を貰《もら》って来て、山の炭焼小屋で一緒に育てていた。其子《そのこ》たちの名前はもう、私も忘れてしまった。何としても炭は売れず、何度里へ降りても、いつも一合の米も手に入らなかった。

最後の日にも空手で戻って来て、飢えきっている小さい者の顔を見るのがつらさに、すっと小屋の奥へ入って昼寝をしてしまった。

眼がさめて見ると小屋の口一ぱいに夕日がさして居た。秋の末のことであったと謂《い》う。二人の子供がその日当りの処にしゃがんでしきりに何かしているので、傍へ行って見たら一生懸命に仕事に使う大きな斧《おの》をみがいていた。『お父う！　ここでわしたちを殺してくれ』と謂ったそうである。そうして、入口の材木を枕《まくら》にして、二人ながら仰向けに寝たそうである。それを見るとくらくらとして、前後の考えも無く二人の首を打落してしまった。それで自分は死ぬことが出来なくて、やがて捕えられて牢《ろう》に入れられた。この親爺《おやじ》がもう六十近くなってから、特赦を受けて世中に出て来たのである。そうして其《それ》からどうなったか、すぐに又分らなくなってしまった」（「山の人生」）たぶん、親爺はまた一人で山に戻り、炭焼小屋で暮したことだろう、と思われる。柳田国男は、同じ書物の中で「人間必らずしも住家を持たざる事」と書いている。黙って山へ入って還《かえ》って来なかった人間の数も、中々少ないものでは無い、というのである。たとえば、サンカと呼ばれる山人たちは穀物果樹家畜を当てにせず、定まった場所に家を持たず、山野自然産物を利用する技術にすぐれていた、という。また、山人《やまうど》には女も少なくなく「天野信景翁の塩尻には尾州小木村の百姓の妻の、産後に発狂して山に入り、十八年を経て後一たび戻って来た者が有った」という事実譚をも紹介している。それによると、女は全裸で、わずかに腰のまわりに草の葉を纏《まと》い、飢えを感じると虫を捕って食っていたが、だんだんそれでは足りなくなって狐《きつね》や狸《たぬき》をつかまえて、引裂いて食べているうちにさむさも感じなくなった、ということであった。柳田国男は書いている。「一旦は昔の家に還ってみたが、身内の者までが元の自分であることを知らず、怖れて騒ぐのでせん方なく、再び山中の生活に復ってしまったというのは哀れである」

しかし、山人が社会を放棄して単独者として自然の中で生活するのを、挫折《ざせつ》とか敗北と言ってしまうのは当っていない、と柳田国男は述べ、その例として「日本の先住民はすべて山人であった」という史実を、山人の語源の中に求めているのである。たとえば、大正六年日本歴史地理学会の講演では、

ワキモコガアナシノ山ノ山人ト人モ見ルカニ山カツラセヨ

という後代の神楽歌《かぐら》を引用し、山人は大和の国栖《くず》であったろうと考証し、「山人という言葉は、衛士が昔の山人の役を勤めるようになってから用いられたもの」と言っている。「上古史上の国津神《くにつかみ》が末二つに分れ、大半は里に下って常民に混同し、残りは山に入り、又は山に留まって、山人と呼ばれるようになった」だから、山男山女《やまおとこやまおんな》、山童山姥《やまわらべやまうば》、山丈山姫《やまたけやまひめ》など、山にかくれて里や村に出て来ない人たちはすべて、国津神の末裔《まつえい》として解せぬこともない、というのであった。

となると、比婆山の怪獣も、神の末裔ということになるのだろうか。

あの山には何もいませんよ

あくる朝は、晴れていた。

私はこの町の智木田町長を訪ねて、怪獣についての意見を求めた。

町長は左卜全《ひだりぼくぜん》を少し若くした感じの人で、私を歓迎してくれた。

「このところ、しばらく姿を見せなかったヒバゴン（前述、怪獣のニックネーム）が、この二月六日に隣町の方に出ましてね、われわれも喜んでいるところですよ」

と、言って町長はハッハッハッハと大笑した。

「出すぎても迷惑するが、全然出ないとさみしいですからね」

智木田町長は、「怪獣町長」として全国的に知られるようになり、国会に陳情に行くときでも陳情書の上に類人猿を貼《は》ってゆくだけで、すぐに「あの人か」と思い出して貰えるようになったという。

「こんな時代ですからね」

と町長は言った。

「だんだん、夢が失くなってゆく。わたしは、人間は合理主義だけじゃしあわせになれん、と言うておるのです。怪獣の問題だって、類人猿説から山人説、イタズラ説と、いろいろある。この、いろいろあるところがいいのであって、それを無理矢理に山狩りして正体を暴いてみたって何になりますか。

謎とロマンは残しておいた方がいいじゃないか、とわたしは思ってるのです」

一度、京都大学で、この類人猿を調査研究の材にするために、自衛隊を使って「山狩り」をする、と言ったとき、町長は「絶対にそんなことはさせない。もし、強行するというのなら、わたしは町民全員に旗を立てさせてでも町への立入りを禁じる」と言って反対したという。

ヒバゴン目撃者のリスト

丸崎孝弘	昭和45年7月20日
今藤　実	〃　7月23日
伊折　茂	〃　7月30日
谷平　覚	〃　8月30日
田辺光子	〃　9月3日
瀬尾常志	〃　10月12日
宮本和俊	昭和46年9月14日
氷橋良一	〃　12月15日
松崎正徳	昭和47年5月24日
建設労務者2名	昭和48年2月6日

そんな町長の個性が、かえって「あの山には、何もいませんよ」（環境庁・鳥獣保護課）と言う意見を生むことになっているのかも知れない。

「ヒバゴンを目撃した人には、迷惑料として町役場から五千円をあげることにしています」

と語る類人猿係の見越さんも、かつては東宝映画「ゴジラ対ガメラ」にエキストラで出演したことのある怪獣ファン。

「ヒバゴンはネス湖の怪物とならんで、世界三大怪獣の一つなんだが、残念なことにうちのにはまだ写真がない。だから、写真とった人には百万円出すと言うとるんですが、あいつはカメラを持ってる人の前には絶対に出て来ないんですよ」

こうして、比婆山をかかえた西城町もまた、不在の一匹の（あるいは一人の）怪獣によって充たされている。町の人たちは賛否両論にわかれながら、ともに「怪獣」に感染し、物理的な接触から離れて、一つの相互作用を継続している。

フレーザーはこうした現象を「暗示的であって明示的ではなく」「科学的観念を欠如した」「非人格的な自然運行の調節」であるとして、共感呪術と名づけている。目撃者は巫女《みこ》または呪術師であり、その経験は不可視のエーテルのように人たちの心をつなぎとめ、そこには集団妄想《もうそう》化に近づく寸前の高ぶりをさえ予感させるものが見られるからである。

古事記からヒバゴンまで

ところで、この怪物の存在を伝説化しているもう一つの背景として、町長は「古事記」を引用する。つまり、イザナギとイザナミの御代になって、国力が強まり、多数の鉄製武器ができあがった。イザナギ夫婦（当時はまだ友人同士）は、これを駆使する大軍と共に日本全島征服に向った。当時は、戦闘もきわめて原始的であり、こちらの谷に一団、あちらの畝《うね》に一団の土ぐもが屯《たむろ》していて、その内戦も敵味方入りまじって混沌《こんとん》としたものだったので、イザナギ夫婦は材木を藤蔓《ふじづる》で縛って作った大いかだを海原に乗り入れ、広島県賀茂《かも》郡豊栄《とよさか》町吉原《よしわら》にある天神岳《てんじんだけ》（七五八）の先祖神の「この漂える国を修め固めよ」という依頼をうけて、政府直轄港、豊田《とよた》郡安芸津《あきつ》町にある三津《みつ》港を出発したのである。

それからしばらく帆走したあと、淡路《あわじ》付近で、天《あめ》の沼矛《ぬぼこ》を海中に差し込み、「こうろこうろとかきならして引上げ給うと、先端からしたたり落ちる塩が凝り固まって一つの島が出来あがった」という例の国造りの神話となっていった。ここで、「古事記」に見られる性政一致、つまりイザナギとイザナミの性行為と、その沼矛（男根）の先端からしたたり落ちる塩のしずく（精液）が、子供を産み出すことを、国を産み出すことと二重写しにしてゆく、きわめてユーモラスな権力の叙事詩の記述となる訳だが、西城《さいじょう》町役場が刊行している「比婆山の伝説」では、

――天孫族の長者（主権者）イザナギ神は、製鉄の秘密を保つための監督としての御《ご》駐屯地《ちゅうとんち》、故郷、御本拠、比婆山連峰、比婆郡西城町油木《ゆき》（この油木は天孫語「幸」の改字）にある幸の高開原に御帰着になり、ここに民族の長者として天をおまつりになり、御政道をみそなわし、民族会議をお開きになって、打ち合わせをすませた上で、はじめて長者原にある千坪の高屋敷にある本殿にお入りになるというならわしになってお

りました。

とあり、

――三貴神「天照大神《あまてらすおおみかみ》、月夜見神《つくよみのかみ》、須佐之男命《すさのおのみこと》」もこの地に御誕生になったことを口碑は伝えております。

とつけ加えてあった。

この比婆山に、昭和四十三年から広島県「県民の森」という野外レクリエーション、キャンプ場開設の計画が生まれ、造成がはじまった。

「わたしの意見ではね、『県民の森』をつくってもらったのを喜んだイザナギノミコトが、嬉しくて御散歩なさっているんじゃないか、ってね。そう思ってるんです」

だが、決定的な観光資源をもたない地方の寒村に、突然『県民の森』ができるとなれば、嬉しくてとびまわるのはイザナギノミコトではなく、むしろ町長であろう。

実際、「ヒバゴンの正体は、比婆山にジャーナリズムの注目を集めるために、オランウータンのぬいぐるみを被って歩きまわっている町長なんですよ」と、冗談を言う町民もいる位である。

今迄《いままで》のところ、怪獣ヒバゴンはロマンというよりは行政化され、一つの観光資源として、比婆郡西城町に物見遊山の客を集めてきた。しかし、それだけで片付けてしまうには、この話はあまりにも明快で、政治的で、語るに落ちる。私は、たとえ実在しなくても「実際に起らなかったことも歴史のうちである」という視点に立って、この怪獣の実在を裏付けたい、と思うのだ。

それは、なぜ怪獣があらわれたか、ということよりも、西城町がなぜ怪獣を必要としたか、ということである。ヒバゴンの出現によって埋めあわされている町民たちの欠落は一体何だったのか？　「怪獣を見た」というかたちで接触をもった人たちが、「たとえ遠く空間をへだてたあとでも、一つに対してなされたすべてのことは必ず他の一つに影響を与えるような共感的な関係によって結合されてゆく」のを、フレーザーは原始的な村落に類例を見出して、「共感呪術」と名づけている。その一例と同じようにここで果しているヒバゴンの存在も精神的媒質であって、「たとえば近代の物理の説くエーテル」のようなものとはちがい、「いわば不可視のエーテルとして、神秘的に集団を統一」する。ヒバゴンは、トーテム化し、同時に「古事記」からヒバゴンまでの保証と裏付を必要とする。そして「年ごとに人口の減ってゆく疎んじられた農村」の人たちの生甲斐《いきがい》の問題にまで到達するのである。

再び、金田一耕助の推理

旅館へ帰り、取材ノートを整理し、蒲団《ふとん》に腹這《はらば》いになって、「八つ墓村」をまた読みはじめる。

この小説は「村人に惨殺された八人の落武者の怨念《おんねん》を鎮めるために、八つの墓を建てたことから、八つ墓村と名づけられた」山村を舞台にしている。

ぬば玉の闇《やみ》よりくらき百八つの狐の穴に踏みぞ迷うな

みほとけの宝の山に入るひとは竜のあぎとの恐しさ知れ

といった手がかりの和歌から百八つの狐の穴、竜のあぎとといったことばを推理してゆくのが金田一耕助の仕事だが、彼はまた、私の夢の内側にまで踏みこんで来て、怪獣の正体あばきにも力を貸してくれるのであった。

「たとえば、何かの理由で町にいられない人間が山に棲《す》んでいるうちに、毛深くなって猿《さる》に似てきたとする……」

と金田一耕助は言った。

「その場合に考えられるのは、たとえばレプラのような業病で捨てられた子供、ということもあるかも知れない。死ぬと思って捨てた子が、死なずに全治して、そのまま山人になったという場合だ。

レプラが、原爆症ということもあり得るだろう」

私は、「もう還れなくなった人たち」の山での生活を思いうかべた。その人たちは、たまには唄をうたうことがあるだろうか？　あるとしたら、それはどんな唄だろうか？　町できいた最後の唄、小学校唱歌、港町ブルース、赤とんぼ。

「戦時中に徴兵のがれをして山に逃げ、山狩りもうまくかわした村の若者が、そのまま還れずに、木の実などを食べながら、山で孤独な暮しをしているという場合もあるかも知れない」

と金田一耕助は言った。

私は横井庄一軍曹のことを思いうかべた。グアム島の類人猿、「怪物」と思われながら、洞穴《ほらあな》にこもり、じっと何かに耐えていた日本山人、そんな一人が、広島県の比婆山で恐怖におののいてかくれ棲み、戦争が終ってしまっても山を下りてくることができず、時折、夕餉《ゆうげ》の匂《にお》いを嗅《か》ぎに民家の近くまでやって来ているのだとしたら、それを観光化している町の人たちの罪は問われることはないだろうか？

私は、町の噂《うわさ》を金田一耕助に話してみた。

それは、

「呉服屋の嫁がサルに強姦《ごうかん》された。

生まれた赤児が毛深いので、サルの子だと思って山に捨てたが、生命力のある赤児は生きのびて鬼となり、一夜に千里も馳《か》けまわるようになった」というのである。

「無論、そういうこともないとは言えない」と、金田一耕助は言った。

「だが、怪獣の話が捨て児にむすびつく話が多いのは、あまりいいことじゃない」

この地方には、むかしから中国地方の子守唄というのがある。

ねんねこしゃっさりませ
寝た子の可愛さ
起きて泣く子の　ねんころろ面憎さ
ねんころろん　ねんころろん

私はこの唄をきくたび、広島地方の人たちを羨《うらや》ましく思ったものであった。なぜなら、私たちの地方の子守唄は「寝なければふみつぶす」というものや、「寝なければ山からモッコ（お化け）が来るぞ」というもので、おどかして眠らせようとするものばかりだったからである。中国地方では、母子の仲はきっとうまく行っているのだ。東北の寒村のような親殺しや子殺しの記事が、新聞を血で穢《けが》すこともないのだ、と思っていただけに、こうした捨て子の話や山人の話をきくと、私は暗い気持になった。

これは金田一耕助の推理ではなく、西城町に古くから棲むおばあさんの懐古談であり、怪獣の正体の手がかりを示す一つの実話である。

「昭和二十二、三年頃に、西城町の貧農に畸形児《きけいじ》が生まれました。親はこの子を恥じて、人目にふれぬように納屋で育てたんです。一度、サーカスが買いに来たんですが、かわいかったのか、親は売りませんでした。畸形児は、ほとんど納屋に軟禁されていて、節穴からしか田畑を見ることもなく育ちました。当時、この地方の農村は不況で、両親は借金をかかえて夜逃げしたんですが、そのときにこの子を納屋に捨てて行きました。

残された子は飢えて、戸を破って外へ出て畑のものを食い荒すようになりました。わたしもその子を見たことがあるが、サルそっくりでした。

やがて、その子は近所の子らに石をぶっつけられて、山へ逃げこみ消息を絶ちました。だから怪獣の話をきいたとき、わたしにはピンと来たんですよ、ああ、まだ生きてたんだな、ってね」

私には、こうした捨て子と怪獣とが、同一人物かどうか知ることはできない。だが、同じ町でも支配階級の作り出した怪獣の伝説と、貧農の人たちが作り出した怪獣の伝説とは、大きく隔てられている。そしてその荒涼としたすきまに、そろそろ雪が降りはじめる季節がやってきた。

宮へまいったとき　なんというて拝むさ
一生この子の　ねんころろまめなよに
ねんころろん　ねんころろん

浅草放浪記

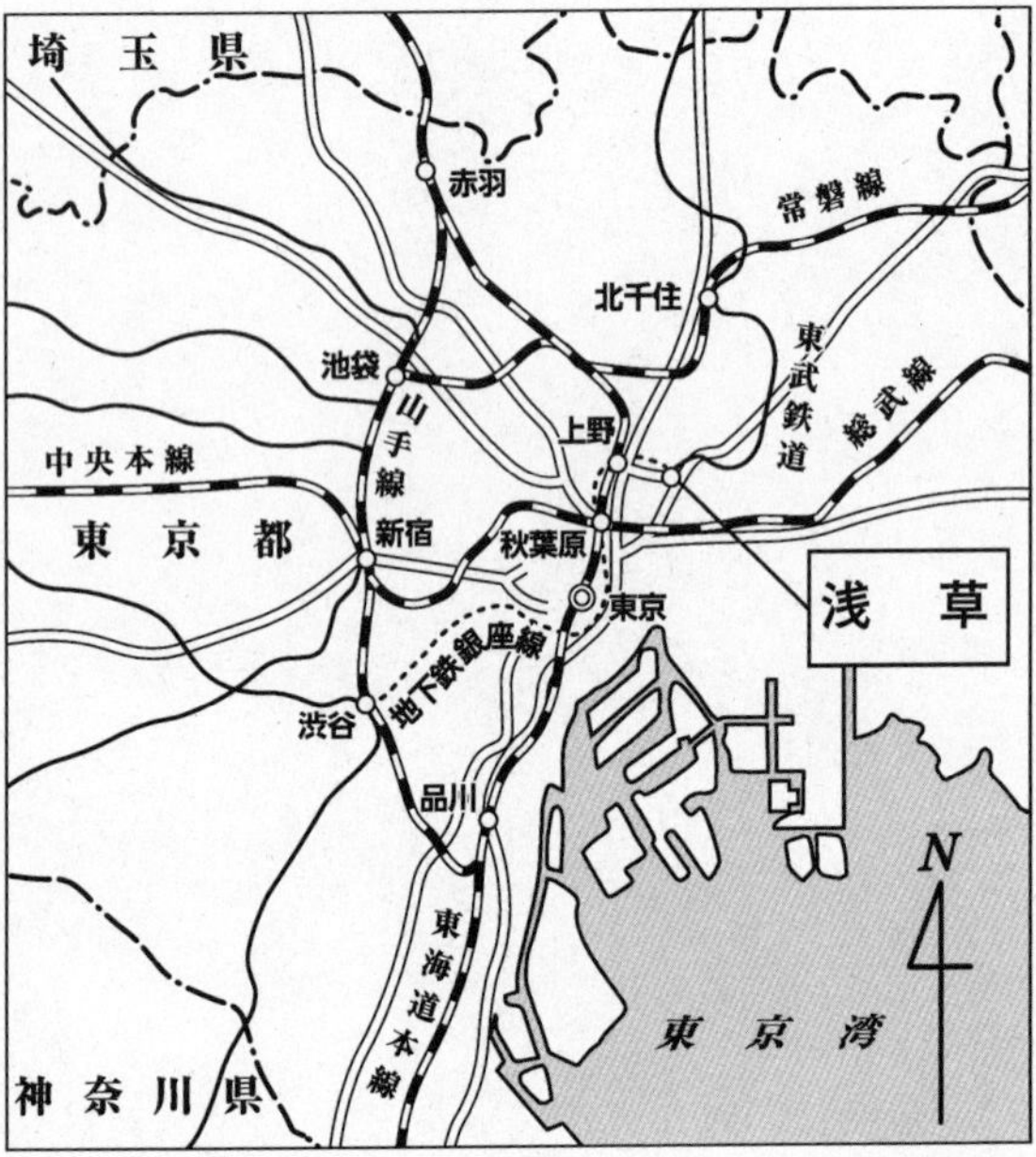
埼玉県
赤羽
常磐線
北千住
東武鉄道
池袋
総武線
山手線
上野
中央本線
東京都
新宿
秋葉原
浅草
東京
地下鉄銀座線
渋谷
品川
N
東海道本線
東京湾
神奈川県

お立会い、犬娘だよ！

十二月の空《から》っ風にオーバーの襟《えり》を立てて入ってゆくと、浅草《あさくさ》稲村劇場の見世物は、はじまったばかりだった。

「かわいそうに、このおかあさん、ときとぶらずまにおかされたのです。ときとぶらずまにおかされると、どうぶつならば三つ目の化猫、口が二つの犬などがうまれるのですが、それがもしも人間の胎内にはいりこんでしまったら、どんな不具者がうまれるのでしょうか？」

哀調切々と解説する支那《しな》服の少女のそばに、サングラスをかけた一人の中年女が、火鉢《ひばち》をかかえこむようにして坐《すわ》っている。よく見ると、その中年女、腰から上半身はふつうだが、腿《もも》がまったくなく、腰の下にいきなり細い赤児の手のような足がついているのだった。

「とうさんは大阪《おおさか》の人で、かあさんは八戸《はちのへ》の人でした。とうさんハントにこりまして、ポインターをかっておりました。かあさん、このポインターのめんどうをみているうちに、だんだんポインターがかわいくなり、そのうちに、おなかが大きくなってしまったのです。何とおそろしい話ではありませんか」

まだ早朝の小屋の中には、私を入れても三人しか客はなく、しかもその中の一人は桟敷席《さじき》で一升壜《びん》をかかえたまま眠ってしまっているのだった。

客席の中に入りこんだ犬が、「かわいそうな犬娘」を見ている私の靴《くつ》の匂《にお》いをかいで尻尾《しっぽ》をふっていた。支那服の少女は、客の多少には、ほとんど関心がないという風に、ガーゼをまいたマイクを片手に持ち、べつの片手で「犬娘」を指さしながら、この呪《のろ》われた物語をつづけていった。

「そしてとうとう犬の子をうんでしまいました。かわいそうにかあさん、この四つ足のあかちゃんにたえきれず、八郎潟《はちろうがた》にとびこみ母子心中をはかりましたが、これも因縁でしょうか、あかちゃんの方だけが助けられて、一命救われました。みなさん、そのあかちゃんとは、何をかくそう、このひとです。どうかすみからすみまで、とっくとごらんください」

歩くときは――と、支那服の少女が一段と声をはりあげた。

「犬のように四つん這《ば》いで歩きます」

すると、サングラスの中年女は、「四つん這いで歩きます」と、無表情に反唱して、舞台のムシロの上を四つん這いで歩きだすのだった。

「こうやって歩くこともできます」と、また支那服の少女が言うと、「犬娘」は「こうやって歩くこともできます」と反唱し、こんどは両足を座ぶとんでも抱くように両手で胸の前にかかえこんで、腰を使っていざり歩きをしてみせた。

「はい、こうやって歩くこともできます」と、支那服の少女がまた言うと「犬娘」は、あぐらをかいて両足を抱き、そのままで、べつのいざり歩きをしながら「こうやって歩くこともできます」と、繰返すのだった。そして、一まわりし終ると、こんどは支那服の少女が、

「眠るときは、こうやって眠ります」

とかたり、犬娘は椅子《いす》の上に丸まって、あるかないかの足を抱いて、すやすやと眠るふりをし、どうやらそのまま眠ってしまうのだった。

こうした奇形、不具者の見世物が浅草にあらわれたのは、おそらく江戸時代からである。「武江年表」によると「一寸法師、人徳は四十八歳にして身の丈一尺五寸、妻の野女三十二歳、身の丈一尺四寸五分」というのが文久《ぶんきゆう》二年の記事としてあり、さらに「甲子夜話《かつしやわ》」「見世物雑志」によると「梅吉は両手共備つてゐたが、年三十一歳で身長一尺八寸、体重二貫といふ一寸法師で、文化十二年二月に現はれた」というのが

ある。むろん、見世物にされた奇形は、一寸法師だけではなく、種々雑多あり、私が興味を持っている多毛児については、「都の手ぶり」に、次のような記述もあった。

「うす衣被《ぎぬか》づきたる女子を、高き処にすゑて、後には白き青き紙を隔てて張りたるあたり、障子をたてつ副《そ》ひつる男の、扇さかさまに取りて先《ま》ずしはぶきをさきに立てて見人に向ひ言ひけらく、この女こそ、越《こし》の国某《なにがし》の村なる猟人の子なれ、殺生の罪の子に報ひ侍《はべ》って、かく怪しき身とは生まれにけり。されば罪障の消え失せなんよすがともなれとて、このたび、あまねく人に見せ奉るなり。

とて、彼の薄衣をとりのぞけば、げに言ひしに違はず、顔より手足まで一面に黒き毛生ひつづきて、眼鼻のつき処さへわかたず、『熊女』と名づけるも理《ことわ》りにこそ」

おそろしい話だが、こうした奇形の見世物は、藤沢衛彦によると形状畸《き》形《けい》五十七項二十三目、皮膚畸形十項八目、毛髪畸形二項六目、珍腫畸形五項、あわせて七十四項もあるのだという。

形状畸形というのはロクロ首、へそなし、人首獣体、一寸法師、皮膚畸形というのは蛇鱗人、魚人、白子《しらこ》、毛髪畸形が長毛人、熊人、珍腫畸形が人面瘡《じんめんそう》、多瘤人《たりゅうじん》といったものである。これらが、見世物風に味つけされると、「鍋食い男、だるま男、熊娘、馬男、蟹娘、曲屁男、豆女、二面相」といったものになってゆくのである。

見世物小屋の道徳

稲村劇場を出て来て、煮こみ屋に入り、モツ汁を注文する。

去年ここへ来たときには、「自家発電」という中年の男がいて、焼酎《しょうちゅう》を一杯のむと、六区を全速力でひとっ走りしてまわってきたものだ。「飲んですぐ走ると、まわりがいいから一杯で三杯分酔える」というのが、自家発電の弁であった。

「自家発電はどうしたね？」

ときくと、煮こみ屋の親父は、

「豚箱だよ」

と言った。

それから、人さし指をカギ形にまげて「これをやってね」

「へえ、何を？」

ときくと、「本屋で六法全書を万引したんだそうだ」と言った。

「それで、つかまって暴れて二、三人に怪我《けが》させた」

何でまた六法全書なんかを盗もうとしたのだろう。自分が捕まったとき、いかにして刑を軽くするかを、勉強しようとでもしたのだろうか？

師走だというのに、大通りはがらんとして、人の数もまばらだった。ときどき、空っ風にまかれて新聞紙がころがってゆくほかは、ゴミ箱あさりの野良犬、失業者、朝帰りのホステス位しか通らなかった。

「旦那《だんな》、奇人ショー見てきたんだね」

と、親父。

「そうだよ。ときとぷらずまに犯された犬娘というのを見てきたんだ」

と言うと、親父は笑って、

「あれは公害ですよ、旦那」と言った。

「サリドマイドとか、水俣病をもってきて見世物にするようなのが、ふえたんですよ」

モツを煮る大鍋《おおなべ》からもうもうと湯気が立ちのぼっていた。

「見世物なんて、どうせいかさまだからね」

と親父が言った。だが、私にはたった今見てきた不具の中年女が、インチキだったとは思えないのだ。

そのことは、彼女がほんとに身体障害者だったからではなく、小屋掛の「見世物」だったからである。そしてそれは天幕小屋の中で二人一組で演じているいかさまロクロ首や、下半身に鯉《こい》のぼりをはいた東京人魚の場合でも同じことである。どんな事実も、木戸銭をとって見世物化したときから虚構としての現実性に転化される。

ているのであり、おおむね「親の因果が子にむくいた」見せしめとして、人前にさらされているのであり、生体学的な資料ではないのだから、ホンモノかインチキかを論じたところで、大した意味が生まれてくる訳ではないのである。（それは、剣劇の丹下左膳がほんとに片目片腕かを検証することの無意味さと同じようなものである。「ロクロ首」も「人魚」も役まわり、配役だと思えば、インチキ性など問題にならなくなるのだ）

さきにあげた「熊娘」の記述にも「猟人の子なれ、殺生の罪の子に報ひ侍って、かく怪しき身とは生まれにけり」というのがあったが、こうした畸形見世物の主題は、ほとんど「かわいそうなのはこの子でござい、親の因果が子にむくい」という呼込み文句に要約される。つまり、親の非道行為に天が与えた罰を見せるのであって、その根底には仏教的な因果応報、地獄という観念の成立と同じものが見られるのである。そのため、畸形見世物は、神社や寺の境内に小屋掛けして公開し、屏風《びょうぶ》絵の地獄草紙などと同じように、道徳的な説教をともなうのが常だったが、一つだけ特異なのは、「親の因果が子にむくいる」という考え方である。

地獄の場合、生前に嘘《うそ》をつくと地獄で舌を抜かれるというように、罰はあくまでも罪をおかした本人にくだされるのだが、見世物の場合は、本人が何もしないのに「親の因果」で罰は子どもにくだされる。このあたりに、日本的呪術《じゅじゅつ》の原型がひそんでいるように思われる。呪術は、自然の法則の擬体系であり、一つの社会を維持するために生みだされる掟《おきて》であるから、こうした親子の類感は、同時に親子の一体化を強調する法則となっている。

にくい継母《ままはは》の似顔を紙にかいて針で百突きすると、継母がほんとに痛みを感じると思いこむのと同様に、この擬体系は、日本的な「家」の暗い翳《かげ》の中に生成されている因果ばなしだということもできるだろう。だが、稲村劇場の「犬娘」が、もしもほんとにサリドマイドや水俣病のような薬害公害だとしたら、犠牲者を見世物にしてこらしめるべきは、親ではなくて、企業とか独占資本でなければならぬ筈である。それを、あくまでも「犬と不義をはたらいた母親」の罪としてあるところに、見世物倫理の悲しみがある。

立身出世をめざす浅草っ子たちにとっては、企業や資本体は十二階の凌雲閣《りょううんかく》同様、見あげるものであっても、疑ってみるものではなかったのだろうか?

罪と罰、わが六区

仲見世《なかみせ》で、古い帽子を一つ買った。

浅草は、罰の町だが罪の町でもあって、昼近くなると、あらゆる大衆食堂から、煮物の匂いがただよってくる。イノシシ、キジ、カモ、トリ、イヌ、ウサギ、ブタ、クマ、ウシ……はてはネコもあるという噂《うわさ》をふくめて、浅草っ子たちは実によく、他の動物を食べまくるのだ。

かわいいおまえがあればこそ
つらい浮世もなんのその
世間の口もなんのその

と、「悲しき子守唄」が洟声《はなごえ》で唄われたのは昔の話で、いまでは観音様の境内に、競馬新聞にくるんだ赤児を捨てるようになってしまった。毎日の新聞には「子殺し」の記事が氾濫《はんらん》し、「家」の解体は、かつての盲愛をそのまま憎悪に暗転しようとさえしている。誰《だれ》もが家族の人格の分離を主張し、親と子とは「べつべつだ」ということを説いている。

そんな時世に、サリドマイドの犠牲者を連れてきて、「親の因果が子にむくい」と説明しているのを見るのは、時代錯誤というよりは、何かわびしいものを感じる。私は、仲見世の雑踏を歩きながら、少年時代のある一夜のことを思い出していた。

それは雪の日だった。

私は駅前の小さな呉服屋で、偶然に母が帯を万引きするところを見てしまったのだ。赤い牡丹《ぼたん》模様の帯を、あわただしく買物袋におしこんで、ふり向きもせずに店を出てゆく母を見送ったあとで、私ははげしく罪の意識におそわれた。

私は、その日家へ帰ろうかどうしようかとさんざん迷った挙句、結局、家とは反対の駅裏の方へ行ってしまった。しばらく線路に腰かけて呆然《ぼうぜん》としていたが、汽笛の音がひびいてくると、わけもなくくやしくなってきて、自分の右手を線路の上にのせ、左手に石をつかんで血が出るまで叩きはじめた。自分でも、どうしてそんなことをしたのかわからなかったが、いま思えば、無意識に自分を罰していたのかも知れない。

母の万引きを、自分の手の皮膚を破り血を流して罰そうとするのは、ばかげたことであった。しかし、ここで自分を罰することが、そのまま母を罰することにつながる、とした思いこみの背後には、「血」というものの類感性への誤った認識があったのである。この類感性は、わが国の家族制度を、経済的にではなく信仰的に統一してきた何か、でもある。フレイザーは、呪術について書いた文章のなかで、「呪術の致命的欠陥は、法則によって決定される現象の因果的連鎖についての全体的な想定のうちに存するのではなくて、その因果的連鎖を支配するところの特殊な法則の性質に関する全体的誤認のうちにある」としているが、それはそのまま「親の因果が子にむくい」と道徳化されていった見世物の歴史にもあてはまる。

そこには、畸形を政治化する、もう一つの視点が抜けおちてしまっているのである。

六区には、相変らず映画館、寄席、ストリップ小舎がならんでいるが、かつての「犯罪大通り」といった名目はない。きわめて無気力になって、新興の盛り場の前に肩だけをいからして立っている、零落した歓楽街といった印象であった。

かつて西洋操《あやつ》り、猿芝居、山雀《やまがら》演芸などで知られた花屋敷は、いまでは遊園地、子どもの遊び場化し、浅草オペラや十二階の東京名物も、有楽町や東京タワーにお株を奪われてしまった。玉乗りも女角力《おんなずもう》も安来節《やすきぶし》も次第にすたれ、宮戸座、金竜館、富士館、金車亭なども、過去の語り草である。

わずかに木馬館演芸場が、安来節、浪曲などをやって面目を保っているが、客席はガラガラで、「浅草時代」の終りを最後まで見とどけようといった気概を感じさせてくれる以上に見るべきものはなかった。

買ったばかりの帽子をかむり、ポケットに手をつっこんで、六区をぶらぶらしていると、いい年をして親がなつかしくなってくる。もしかしたら、この町に残されているのは、今では過去になってしまった「一家団欒《だんらん》」のまぼろしのようなものなのかも知れない。

花やかな娯楽場、演芸、家族慰安のためのセンター、食堂、見世物などがさびれたあとでも、師走の空っ風の中を「一家団欒」のまぼろしだけが、迷い歩いている。もう昔の浅草なんかどこにもないのに、浅草に住みたい心情だけがとり残されて人なつかしそうに大衆食堂の片隅《かたすみ》で、流行歌などきいているのである。

「浅草に日活ロマン・ポルノがないのはね、当然ですよ」と、スシ屋の新ちゃんが言った。

「あれは全部天然色だからね、デラックスだからね、信用できないんですよ。俺はOPチェーンとか大蔵映画、国映なんて好きだから言うんじゃないがね、三〇〇万ピンクは黒白でしょう。画面が灰色なんだよね。つまりさ、人生が灰色なんだよね。それが、ナオンができてホテルにしけこむとさ、パーッと色がつくでしょう。ベッドシーンだけ総天然色になる。わかってるんだよね、要するに。それが〝朝が来たアなら、さアよならね〟で、ホテル出ちゃうと、また黒白にもどる。人生、きびしいからね。ベッドシーンだけ、色つきってのがホントだよ。その点、ロマン・ポルノは全篇カラーで、区別がない。メシ食う場面も、あれをする場面も同じっていうんじゃ、味気ないもんね、浅草の人はそんなうまい話にゃ、のらないんだよ」

「でもさ」と、新ちゃんの妹のヨシ子が口をはさんだ。

「お金かぞえるところもさ、カラーにすればいいのにね。宝くじ当った場面なんか」

新ちゃんが怒って「おまえは黙ってろ！」と怒鳴った。「まだ、アジも知らないくせに」

ヨシ子が口をとがらした。私は思わず、鼻がつまって涙が出た。ワサビがきいたらしい。人生がぜんぶ総天然色というのは信用できないという新ちゃんの言葉の背後には、彼の上京後の苦労がひめられている。この町の人たちは、自分の実人生で手に入れられなかったものを映画や演芸、流行歌などに求め、若山富三郎が子どもを連れて、人を二、三人叩き斬るところで、まるで自分がそれをやったように息を乱し、肩をいからしたままで堂々と映画館から師走の町へと消えてゆくのだが、こうして虚構の中の代理人に自分の夢を仮託すること自体が、類感呪術の一形態であり、「不幸論」なのだということには、気づいていないようであった。

世は情け、湯女の大鼻

寝る前に一風呂《ひとふろ》あびようと思って、夜の浅草に出てみたが、なかなか銭湯が見つからない。

ああ、残念だな、と思った。銭湯へ行くと、体を洗うたのしみもそうだが、近頃の噂ばなしがきける。式亭三馬《しきていさんば》は、その「浮世風呂《うきよぶろ》」の中で「つらつら監《かんがみ》るに、銭湯ほどちかみちの教訓《をしへ》なるはなし」と書いている。

「賢愚邪正、貧富貴賤、湯を浴びんとて裸になるは、天然自然の道理、釈迦《しやか》も孔子《こうし》もお三も権助も、産まれたままのすがたにて、惜しい欲しいも西の海、さらりと無欲の形なり。欲垢《よくあか》と梵悩《ぼんなう》を洗清めて、浄湯《おかゆ》を浴びれば、旦那さまも折助も、どれがどれやら一般裸体《おなじはだかみ》」「仏嫌いの老人も風呂へ入ればわれ知らず念仏をもうし、色好みの壮夫《わかいもの》も裸になれば前をおさえておのれの恥を知り、猛《たけ》き武士《もののふ》が頸《あたま》から湯をかけられても、人ごみじゃと堪忍をまもり、目に見えぬ鬼神《おにかみ》を隻腕《かたうで》に彫《ゑ》りたる侠客《ちうつぱら》も、ごめんなさいと石榴口《ざくろぐち》にかがむは銭湯の徳ならずや」

あんなに沢山あった銭湯はどこへ行ってしまったんだろうね、と屋台のたこ焼き屋にきいてみると、「いまは、サウナ、トルコの時代ですよ、旦那」と笑われた。なるほど、浅草から吉原へかけて、トルコ風呂ならばさがすに事欠かぬほど一杯ある。浮世風呂の伝統は、サウナ、トルコにひきつがれているということになるわけか。

それならば、と吉原まで足をのばしてみることにする。このあたり、サウナの名が「高尾」となったりしていて、いささか式亭三馬のいう庶民性からは遠のいた感じもするが、それでも江戸最初の銭湯、天正十九年の夏に永楽銭一銭ではじめた公衆浴場は、蒸し風呂だったというから、内容的には似たようなものなのである。しかも、慶《けい》長元和《ちようげんな》の頃には湯女《ゆな》といわれるミストルコが出現し、それも今のようにただ背中を流すだけではないサービスをし、次第に「かくし売女」になっていって、たびたびお上の手入れ、取り締まりを受けるようになったという事実もあり、現在と大差ないと言えるかも知れない。

ふらりと入ってゆくと、写楽《しゃらく》のような大鼻の湯女のすみえさんが、足の爪《つめ》を切っていた。「あら、いらっしゃい」と言って、「いま丁度、出前たのむとこだけど、何か一緒にたのむ？」ときくので、私は「何がとれるんだ？」と、ききかえした。

「焼きソバか餃子《ギョーザ》ね」

「そんなら焼きソバを一人前」

大鼻のすみえさんは立上って、インターホンに向って「焼きソバ、二つッ！」と怒鳴った。それから「ムシブロ、どうする？」というので「入るよ」と言って、裸になってムシブロの中に座棺のようにすわって、首だけ出していると体がすこしずつ、あたたまってきた。

「ねえ、あんた」と、その首だけ出している私にすみえさんが「いい写真、見せてやろうか」と言った。「今日、田舎から送ってきたの」

私の方はすっかり自由を奪われているので、見るも見ないもない。目の前に出されれば、見るほかはないのである。やがて、すみえさんが私の前にヌっと毛深い手につかんで、突き出した写真の中には、一人の男の子がランドセルを背負って、富士山をバックにまっすぐ正面向きに立っていた。

「どう、利口そうに見える?」

とすみえさんがきいた。

「これだけじゃわからないよ」

「でも、インスピレーションてものがあるでしょ」

「…………」

「何とか言いなさいよ」

「だれなんだ、これは?」

すると、すみえさんは「あたしに似てるでしょ」と言った。「あたしの子なのよ」

それから、一寸《ちょっと》間があった。すみえさんは、「まさか、きみがそんな年とは思えないよ、うそだろう?」とか「そういえば、どこか似てると思った。なかなかいい子じゃないか」とか言われるのを待っている、という風だった。

しかし、私はいいかげんのぼせて来たところだったので、彼女の期待を裏切って「ここから出してくれ」と言うことになった。おすみさんは、はっとわれにかえってムシブロの留金を外し、私を出しながら、「内緒なの、マネージャーにも言ってないのよ」と言った。「年もかくしてるしね」

有線放送からバーブ佐竹の古い唄がながれてきた。

女ですものひとなみに
　夢を見たのがなぜわるい

ここから先の描写は、ふたたび式亭三馬の「浮世風呂」に借りることにしよう。

「サアサア、ちと洗ひませうか。コリャコリャ、ヲ、否や、おちんこをどうしたものだ。ヲ〳〵虫がおこる、虫がおこる。おつかない〳〵、およしよ（ト、かほをあらつてやりながら）ホヽヲ、上子〳〵。をとなしくなつた。よく洗はせる」

もっとも、これは赤ん坊をお湯に入れる場面である、念のため。

投げこみ寺の十二月

二、三日浅草をぶらぶらしていると、鐘の音が好きになってきた。港町で霧笛をきくように、線路沿いで汽笛をきくように、浅草ではどこからとなく寺の鐘がきこえてくる。

地下鉄の浅草終点から、北へ向って三百メートルほど行ったところにある浅草の観音さま、年間二千万人が参詣《さんけい》にくるというこの寺を知らぬものはないが、すこし西へ寄ったところには浮世絵の北斎《ほくさい》の墓がある誓教寺、広重《ひろしげ》の墓のある東岳寺もある。

だが、何と言ってもわびしいのは浄閑寺である。浄閑寺はべつ名を「投げこみ寺」とよばれ、身よりのない遊女の死体を、ことば通りに「投げこんだ」寺であり、たとえ身よりがあっても、職業柄知らんふりをされ、家名のため、世間体をとりつくろって引きとりに来ぬ親族をうらみながら、「投げこみ寺」で雨ざらしにされたものだったという。

私は、少年時代に唄った「吉原エレジー」を思い出す。

〝思い起せば三年前、村が飢饉《ききん》のそのときに、娘売ろうか、ヤサ売ろうか、親族会議のその結果、娘売れとのごしょぞんに、売られたこの身は三千両、口に紅つけお白粉つけて、泣く泣く籠《かご》にのせられて、着いたところは吉原の、その名も高き揚屋町《あげや》〟

売られてきた飢饉の米代の代償の娘たちにとって、自分の感情をもつことは御法度《ごはっと》だった。

万一、客とりを拒んだり、間男を作ったりすることは、そのまま地獄の責苦を意味しており、折檻《せっかん》されて死んでも、うかばれなくなってしまうことを意味していた。当時の過去帳の死因をみると、栄養失調、縊《い》死、変死、殴《おう》死といったものがみられ、それがそのまま、彼女たちの苦しみをしのばせてくれる。しかも、過去帳に残されていあわれを誘うのである。

滝川政次郎は「遊女の歴史」という書物の中で「売笑」ということばを用い、それを「売春」と区別している。「売笑なる語は、和漢を通じて久しく使用された語であり、売春なる語は今日の法律用語に過ぎない」からだというのである。

だが、売春ということばには「春を売ってしまった」秋の女の荒涼とした心象があり、売笑ということばには、「その上まだ、笑いまでも売りに出さなければならない」女の切迫感がある。おそらく、彼女らには「売りに出すような笑い」などが残っていたとは思えないからである。（ついでに言えば「遊女」の遊は、男女の交わりを「遊び」として付けられた名称ではなく、遊離、遊撃の遊であって、漂泊の意であり、語源は朝鮮語だとされている）

彼女らがあわれなのは、売春行為をしなければ生活できないからではなく、自分の意志で何一つ決められぬ人形、人身売買の具、だったということにある。しかも、それが、自分の作り出した貧しさへの罰としてではなく、親の犠牲だったというところに、見世物小屋の「親の因果が子にむくい」という呼込み文句と通底する、呪術的な法則が見出される。

ところも知らぬ名も知らぬ
いやなお客もいとわずに
夜ごと夜ごとのあだまくら
これもぜひない親のため

思えば十六、七歳の農村の娘たちに、「身売り」しなければならぬような借金があった訳がなく、ほとんど「ぜひない親のため」に売買取引されたに違いないのだが、そのときから彼女らは人間としての、あらゆる自由を放棄させられてしまうことになったのであろう。日本的呪術の原型は、究極的には「家」の維持と、親子の血のつながりの道徳化、そして親の子を私有する権利、それらの秩序を守るため、「性行為は生殖手段として『家』の子孫繁栄のためのみのものとしてのみ許される」――という法則の中で培かわれてきた。それが「因果的連鎖を支配するところの特殊な法則の性質に関する全体的誤認」によって、悲しい犠牲者を出しつづけながら、政治化されることもなく、歴史を血で染めてきたのである。

「ここには二万五千の遊女が葬られているんですよ」

と、通りすがりのおばさんが教えてくれた。豆腐を買って帰ってきた近所のおばさんである。

吉原の遊里は二万五千坪あったというから、一坪に一人ずつの割で遊女の死体が埋められてあるという訳だ。

私はオーバーのポケットから線香をとり出して火をつけた。

「だれか、知りあいに遊女がいなさったんですか？」

と、豆腐のおばさんがきいた。

「みんな知りあいだよ」

と私は言った。

「生きてたら、みんな集めて盛大な忘年会でもやりたいと思っているんだ」

裸まつり男歌

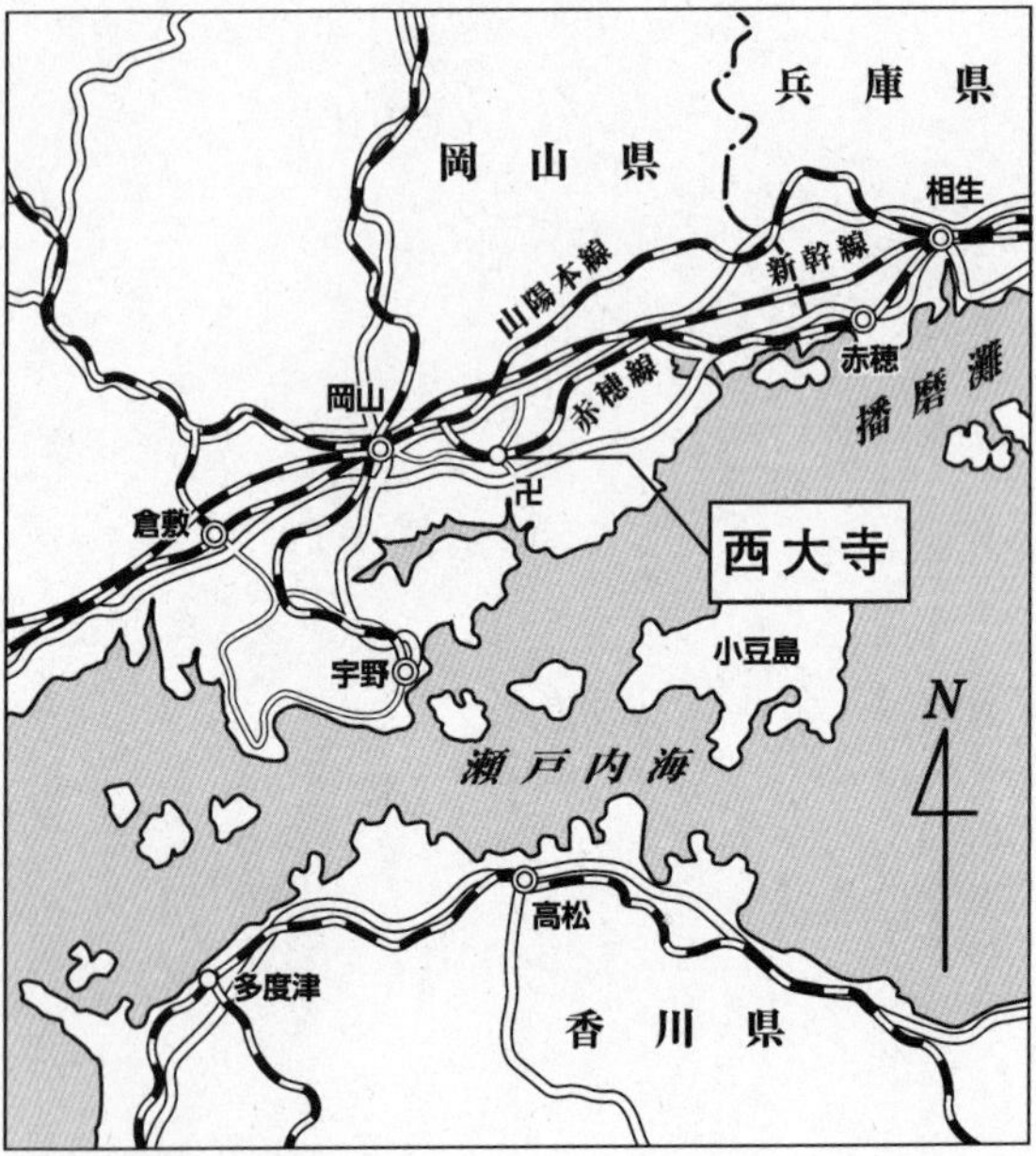
兵庫県
岡山県
相生
新幹線
山陽本線
赤穂
赤穂線
播磨灘
岡山
卍
西大寺
倉敷
小豆島
宇野
N
瀬戸内海
高松
多度津
香川県

番台にすわりたい

少年時代から、私は一度でいいから銭湯の番台に坐ってみたい、と思っていた。

それは無論、「裸を見たい」からであったが、だからといって、格別に「性器を見たい」からではなかった。

私は、人間が裸になることは、一つの変身だと思っており、それは「生まれたままの姿になる」ことでも、「ありのままの正体をさらす」ことでもなく、むしろ逆だと思っていたのである。

流しのストリッパーの沢村アンナというおばさんが、青森に巡演に来たとき、当時小学生だった私は、前座のダンサーが皆、衣裳《いしょう》をつけているのに、アンナさんだけが全裸なのを見て同情して、

「おばさんは着物がないの？」

ときいた。するとアンナさんは、女力士のような体を誇示するように、

「この社会じゃ、裸がいちばん立派な衣裳なんだよ」

と答えたものだった。

小学生の私には、その意味を解することなどできなかったが、今ならばよくわかる。文明社会では、「着ることによって変身」することには保証された秩序があり、所詮《しょせん》は「モードの問題」としてしか論じられないことが、「脱ぐことによって変身」するとなると、人格の問題にまで及んでくるのだ。私は、かねがね、「全裸で人前に出る」ということは一つの虚構であると思っており、それを合法化している銭湯に興味を持っていた。一所に裸の人間が何人か集まるということは、それ自体ですでに「かぶく」ことであり、劇的であり、祝祭的であるからである。

私の友人に風呂学者がいて、「銭湯の歴史」を研究しているが、彼によると全裸で風呂に入るようになったのは、元禄《げんろく》の末期からだそうである。それまでは皆、褌《ふんどし》をしめて入るのが礼儀であると思っていて、道徳と羞恥心を守るために褌だけは外さないようにしていた、というのである。それが「洗湯手引草」に記されているように、褌もはずして丸裸となり、ただ手拭などで前を隠して入浴するようになった。たとえ同性同士であろうと、他人とうち混ってその面前に丸裸を晒《さら》すのは入浴のときに限るからである。

私の考えでは、ヘンシーンするのは仮面をつけたときではない。人はむしろ、仮面をつけたときには安心して本当のことを言える。

だが、裸にされたら、本当のことを言ってはいられない。日常の現実の中で、裸は何のリアリテをも持っていず、裸が人前にあらわれてくるのはキャンバスの中、写真の中、スクリーンの中かステージの七色の照明の中といった虚構の世界だからである。私が、銭湯の番台に坐りたいと思ったのは、社会化され、さまざまの職業を持った男女が、衣服をはずして裸になってゆくときの「変身」の仕方と、衣服と共に彼らを支えている形態と空間が消滅し、まったく新しい出会いがあらわれてくるのを見たい、ということであった。

そこには興業化されないストリップの持つグロテスクさ、多様な人たちが「裸」という一つの役割りを演じる人生劇場の花やかな幕びらきがあるからでもあった。

そんな私に、

「西大寺《さいだいじ》の裸まつりへ行ってみませんか」

という誘いがあったのだった。

西大寺の裸まつりは、名称を「会陽《えよう》」と言い、年に一度町中の男が裸になって宝の木の争奪戦を行なう祭りとして知られている。たぶん、そこには銭湯とは異った意味での裸の祭典（内実としての仮装舞踏会）が繰りひろげられることだろう。

「行ってみよう」

と、私は思った。岡山ならば、新幹線で、一直線の筈《はず》であった。

裸くらべ、宝さがし

岡山市西大寺観音院の「会陽」は、四百六十年の伝統を誇る「日本三大奇祭」の一つだそうである。

前夜おそく岡山に着いた私は、旅館で一泊して、朝刊をひらくと、

「圧巻！ 福男めざす裸絵巻」

という見出しがまず目に入ってきた。

「数千の裸が今年の福男を目ざして、陰陽の宝木争奪戦を繰りひろげる『裸まつり』は十七日深夜から十八日未明にかけて行なわれる。同院境内はすっかり整備されて、開幕を待つばかり」

「宝木争奪戦には約五千人の裸男が参加する見込みだが、裸まつりのハイライトは、十八日午前零時から。

坪井全広同院住職が、ご福窓から本堂にひしめく裸群めがけて陰陽二本の宝木を投

げこむ。この宝木を取った人は西大寺商工会議所内に設けられた奉賛会事務局に持ちこむと、今年の祝い主であるキョードーグループの小川和夫社長、広栄堂本店の武田修一社長から、賞金十万円が贈られる」

——「裸まつり」は、宝木（シンギと読むのだそうである）二本を争奪する裸の男たちの闘技の祭り、つまり喧嘩《けんか》祭りである。なぜ、危険をおかしてまでこれに加わるのかときくと、観音院では、

「福男になりたいからでしょう」

と言い、スシ屋の勝さんは、

「賞金十万円がほしいからだよ」

と言った。

だが、古くからこの祭りを見てきている駄菓子屋のおウメ婆さんのように、

「裸を見せびらかしたい若衆が多くなった」

という意見もあるのだった。「どうして、裸を見せびらかしたがってるとわかるんですか?」ときくと、おウメ婆さんは、

「集まってくる裸の男衆のうち、宝木争いに加わるのはほんの一部、あとは彫りものを見せびらかしたり、喧嘩したりしておる。最近のようにテレビが持ちこまれるようになってからは、それがいっそうひどくなり、テレビカメラの正面の男たちは、宝木

なんか二の次で、格好ばかり気にしとるんじゃ」

と言うのだった。

おそらく、「裸まつり」にも、いくつもの顔があるに違いない、と私は思った。そして、その中には「裸」をモードとして競いあうファッション・ショー的な顔もあるのだろう。だが、ただの「裸くらべ」と「宝さがし」だけで、四百年もつづけられる訳はない。私はまず、この「裸まつり」の由来について、しらべてみよう、と思った。

さいわい、祭りがはじまるまでに丸半日以上の時間が残されてあった。

ああ、男根、宝木の由来

はじめに、「会陽」の語源である。

これは、一陽来復の意で、この行事がすむと春暖が来る、という説と、裸群がさむい町の中を「エイヨウ、エイヨウ」と掛け声をかけながら走るからだ、という説がある。

しかし、私は左道密教にいう「陽物に会う」（つまり、男根と会う）の意だという説が一ばん正しいのではないかと思った。

その根拠の一つは、宝木の形態である。

宝木はもともとは杉原、日笠という丈夫な紙でできた牛宝（ゴオウと読む）であった。

一山の全僧侶《そうりょ》が集まって、水浴して身を清め、祭壇に牛宝を供え、観世音菩薩《かんぜおんぼさつ》の秘宝を修して「国家安穏、五穀豊穣《ほうじょう》、四民繁栄」を祈禱《きとう》し、それを紙に刷った。十四日間の祈禱のあとで満願になると一年の五福を授ける意味で、その牛宝を信徒に授けたのだが、牛宝をもらった者が作物にめぐまれ、厄を免れることから、年々希望者がふえて、奪いあうとちぎれるので四百六十年前の室町《むろまち》時代（永正七年）に、時の住職だった忠阿上人によって紙から木にかえられて、宝木となった――というのだが、その宝木の形態が、長さ、太さ、ともに男根そっくりなのである。

これを裏付けるように、西大寺支所の税務課長の木村堅一さんは、

「二体ある宝木は、一本を陰、一本を陽と言いまして、二体にそれぞれミゾがある。そのミゾの凹凸をあわせるとぴったりとはまる。これは、性の行為を象徴したのかも知れませんね」

と言った。

宝木が陽物だとすると、「会陽」の解釈はやはり、左道密教のを採るのが本筋だろう。それにしても、陽物の奪いあいを「裸でする」ところにも、この祭りのもう一つの意味があるのかも知れない。「人文誌」には、一応、

「室町中期の争奪の頃には、信徒は勿論、大部分が着物を着ていて、ほんの僅かの裸体があったが、その後、参加者が、しだいに多数となって争奪戦が激しくなるにつれ、着衣していては、着物が破れるので、争奪戦に参加する人は、ことごとく褌一本の裸体となり、全員水垢離《みずごり》をとるようになった」

となっている。しかし、宝木が紙から木へと変り、祭りの参加者が着服から裸へと変っていったところに、「会陽」の本質を見出すのは私ばかりであろうか？

共に、「破れるので」と言う理由をはさみ、この祭りの荒々しさを前提としているように「会陽」には、破瓜《はか》を思わせるはげしいものがある。

それは、はじめて「裸まつり」にとびこんだ者なら誰《だれ》でも感じる、出会いの衝撃である。出会いというものはもともと暴力的なものであるが、「会陽」にあってはそれがもっとも原始的なかたちで表出し、男の裸ははげしく出会い、そして生まれ変わる。陽物の出会いは、魂の割礼《かつれい》をし、祭りのあくる朝から「一人前の男」になるのである。

私は、祭りの前の観音院の境内で、ハチマキをしめて、水垢離をしている一人の少年をつかまえた。

「つめたくないか」

ときくと、

「身を切るようだ」

と言う。

「ことしで何度目だ？」

ときくと、一寸《ちょっと》はにかんで「はじめてです」と言うのだった。

実は彼は、赤面恐怖症で友人もいない夜間高校生である。悩みは包茎だということで、そのために何をやっても自信が持てない、と言う。去年は、「裸まつり」にとびこめば男になれると思って、褌まで買ったが度胸がつかなくて止めたので、ことしは何としても実現したい、と言うのである。

「友だちが、会陽にとびこんだら、包茎が治ったというもんでね」

と真顔で言うのは、何とも切ない気がしたが、私としては「がんばれよ」と言う他はなかった。

もともと、この西大寺そのものが、男の寺であり、その起源をさかのぼってみると面白い伝説があるのだった。

孝謙《こうけん》天皇の天平勝宝《てんぴょうしょうほう》年間に、周防《すおう》の国の久珂《くが》の庄に皆足姫という信仰深い女性がいて、一生のうちに一度でいいから尊崇する千手観音を刻みたいと考えていた。

すると、十五、六歳の美少年がひょっこりと訪ねてきた。腰に槌《つち》とノミをつけた仏師である。願ってもない話なので、さっそく一室へ通して、白檀《びゃくだん》の香木を取り出し、仏像を彫刻して下さい、と頼んだところ、「承知したが、彫刻が完成するまでは、決して様子をうかがわないでください」と条件を出し、皆足姫が了解すると、一室にとじこもってしまった。

それから数日、皆足姫が近よると、不思議なことに、仏師の少年が一人しかいない筈《はず》の室の中から話し声がする。そこで、怪しんだ皆足姫が覗《のぞ》いてみたところ、それはできあがった観音像と少年との話し声だった。はっと驚いた拍子に、戸をガタン！となならしてしまうと、できあがった観音像はたちまち消えてしまい、少年は「約束を破った」と言って、怒りながら去ってしまったというのである。

その少年こそは、実は長谷《はせ》の観音の化身で、仏を作るためにやってきたのだとわかると、皆足姫は、はるかに長谷の山を伏し拝み、拝み終ってみると仏像が五尺余、三十二相そなわってそこに蘇《よみが》えっていた——という話だが、そこには二、三の推理の余地がある。

㈠これは、少年と観音の男色行為から、皆足姫が疎外された、という解釈。つまり、この寺の仏の世界は、男ばかりの禁色《きんじき》の世界なのであり、どのようであれ、女は「遠くから拝む他はなかった」ととることができるからである。

㈡少年と観音は同一人物であり、皆足姫は少年の手淫を覗いてしまったため、怒りにふれて、仏像が消えてしまったのだ、という解釈。

㈢皆足という姓は、男子のものであり、実は皆足姫自身も女装した男であるということがわかったので、仏像は蘇生《そせい》したのだという解釈。

いずれにしても、この「裸まつり」を支配している伝説もまた、男子中心のものであることだけは間違いないようである。私は、一人の包茎の少年が数千のたくましい陽物のひしめきと出会って、魂の割礼をする儀式としては、この裸まつりはまことに雄々しくもあるかな、と思ったのであった。

わたしも刺青《いれずみ》を彫りたい

日が沈む頃になると、大通りでは女たちが打水をはじめる。

境内から太鼓の音がきこえてくる。

男たちは衣服を脱ぎ、変身しはじめる。

どの呉服屋にも「ふんどしあります　十メートル　五百五十円」といった貼紙《はりがみ》が掲げられる。紙芝居屋と人さらいの時刻である。

だが、祭りとしては「序の口」で、勢いこんだ子どもたちが、(他の国の祭りならば、ねじり鉢巻《はちまき》に揃《そろ》いの浴衣《ゆかた》という装束で出かけるような)晴れがましさで、裸になって町を歩いているだけで、若衆はまだまだ外には出ない。

「近頃《ちかごろ》は十二時に宝木投げこみをやりますが、わたしらの子ども時分は夜中の二時でした。わたしらは早いうちに寝てしまい、町に一ばん太鼓がふれにくる頃は、お祭りの夢を見ながらぐっすり眠っている。二ばん太鼓がくる頃もまだ知らない。三ばん太鼓でやっと目をさましたもんです。

町には曲馬団が来たし、イヌやサルの芝居、植木市、神楽《かぐら》などが出て、とてもにぎやかで、そのくせ何となくもの悲しい感じがありました。それにくらべれば、近頃はずい分と、変りましたねえ」

と言うのは提灯屋《ちょうちんや》の源さんである。

吉井川《よしいがわ》の方へ出てゆくと、土手に一列に幟《のぼり》が立っている。

橋の欄干《らんかん》に立って、焼きイカを食いながら川を見ていると、ここが実は私の故郷だったような気がしてくる。

私を捨てた母は、富山《とやま》の薬売りと出奔し、残された父は裸にふんどし一本、畳の上に一升壜《びん》をどっかとおいて、酔いながらはじまる祭りを待っていた。どこの国でも、どんな祭りでも、にぎやかなところは、なぜか侘《わび》しさがつきまとう。提灯もって、橋を渡ってゆくおんなの子。そっちへ行っても、月見草はまだ咲いていないよ、いまはまだ冬だから。

私はふと、太宰治《だざいおさむ》の小説の主人公になったような気分になっている自分を感じた。「海を越え山を越え、母をさがして三千里歩いて、行きついた国の果ての砂丘の上に、華麗なお神楽が催されていた……」という訳だ。

だが、こうした感傷もいわば嵐《あらし》の前のしずけさの産物というものだろう。

裸が出そろう頃には、すべて、変わる。


ところで、裸といえば刺青であった。

私が銭湯の番台に坐りたいと思った理由の一つには「裸を見たい」だけではなく「裸の中にかくされているものを見たい」という願望もあった訳で、その一つに刺青があった。かつて、タイからやってきたサマート・ソンデン（火のサソリ）というミドル級のボクサーは、ふだんは美しいなめし皮のような皮膚をしていたが、打ちあいになるとだんだん肌《はだ》が火照《ほて》ってきて、胸に真赤なサソリの刺青が浮き出してくるのであった。この、肉体のだまし絵、かくし絵は、実はお白粉《しろい》彫りと呼ばれる刺青の技術によるものであったが、私にとっては、裸になって、もう何もかくしているものはないと見られている素肌に（さながら日光写真の死神のように）、忽然《こつぜん》とあらわれてくるもう一つの世界が、裸の虚構性をきわだたせてくれたのである。

刺青はもともと「見せる」ために彫られるものが大半であるから、「裸をかくす」

小市民たちの道徳と対立し、「裸を見せる」職業の人をふくむ無頼《ぶらい》の徒にも多く見られた。鳶職《とびしょく》、大工、左官など片肌ぬぐ機会の多い人たちはもちろん、博徒《ばくと》やテキ屋にも多く、他では娼婦《しょうふ》、芸妓、女中、などにも及んだ。

彫る内容も唐獅子《からじし》のような豪華な絵模様だけではなく、神仏や心に誓う文句、南無阿弥陀仏、盃《さかずき》・花札を彫って酒や賭博《とばく》を禁じる者に及び、「男を沢山はさむように」と蟹《かに》を彫る娼婦もいた、と言われている。だが、刺青の美学は、やはり女より男である。

内記団介赤面して、ふかくおもひ入申しるしにはと、両人一度に肩をぬげば、左のかいなに、団介は嶋村と入れぼくろ、おなじく内記、藤内と名名字を、あはぬうちより、是にと見する。（男色大鑑）

松田修の「刺青・性・死」によると、この「あはぬうち」は、まだ情交しないうち、ということで、男同士の愛欲のはげしさの一例としてあげられている。

此うへながら入れぼくろほる
筆勢は命をかけて花ざかり（独吟一日千句）

入れぼくろ（刺青）は、裸を見せあう同士で共有する絵であり文学であり、呪文《じゅもん》であるわけだが、同時に衣服をとり除いた最後のものまでが虚構によって彩どられている、というところに、その人間の劇的なものへの要求が感じられる。古代にあっては、それは罰として行なわれ、親たちの犯罪への見せしめ、「親の因果の、子への報い」として課せられたみにくいものであり、「自然としての人間の常態を棄てしめること、異態の中、非我の中に人間を追い込む秘呪」（松田修）として彫りこまれたが、現代人では「自らを罰する」ために彫ろうとする人は少ないように思われる。

もはや、裸が「自然としての人間の常態」だと思うことが無意味であり、人間の常態自体が観念として喪失されてみれば、異態が一つの存在証明であり、刺青もまた、自己劇化のための装具になったと言ってもいいであろう。

銭湯には、よく、「刺青の方の入浴、おことわりいたします」という貼紙が見られるが、裸まつりには、それがない。

刺青を公然と公開するには「裸まつり」は最高の条件をそなえており、だからこそ「裸まつりにまにあうように彫ってもらう」人も多くなっているのである。

刺青女中殺し

刺青といえば、子供の頃にきいた悲しい話が一つあった。

奥州の山の中に、一人の彫物師が住んでいて、長いこと喉《のど》を患い、ほとんど口をきけぬために「彫り唖《おし》」とよばれていた。彫り唖は、早いうちに妻に死なれ、身のまわりを女中のお葛という女にまかせていたが、あるとき思い立って、お葛の背肌に「遺言」を彫りこんだ。それは、二人の息子のうち、都へ出ている弟の方へ田畑一切を相続させるというもので、彫り唖の気に入らぬ嫁をめとった兄には後つぎとして彫りもののための道具だけを遺す、というものであった。やがて、彫り唖は死んだ。

親族のものは、当然兄がすべてを相続するものと思っており、兄は遺言のことを知らぬので女中のお葛に暇を出して、父の葬儀の一切をとり仕切っていた。すると、初七日の夜、都にいた筈の弟が帰ってきて、集まっている親族の見ている前で、兄に、

「ここは私の家だから、出て行ってくれ」

と言ったのである。

たちまち、騒ぎが起り、血をわけた兄と弟は、父の遺産をめぐってにらみあった。

兄が、

「どういう根拠でそういうことを言うのだ」

と言うと、弟は、

「遺言がある」

と言う。

「見せろ」

と兄が言うと、弟は懐中から巻物にした一枚の遺言書をとりだしてみんなの前にひろげてみせた。たしかに、そこには相続権を弟に与えるとはっきり書かれていたが、誰《だれ》一人として、それが紙に書かれたものではないということに、気づく者はいなかった。

――という話である。

刺青した生皮を剝《む》かれた女中のお葛の話は、その後きかないが、裸の話も北国へゆくと土地の貧しさに潤色されて、南国とはちがった様相を呈するものだと思われる。

だが、九州薩摩《さつま》にも青年たちが、じぶんの肌を卒塔婆がわりにして、「行年何歳、何月何日討死」と刺青して死んでいったという話がある。

「陰徳太平記」七十三巻「大和大納言九州下向附、薩摩勢府内退散、耳川ノ城高城両処合戦之事」にのっているもので、秀吉に攻められた島津家久以下二万の勢の内、討死した五百余人が、それぞれ自分の体を「肉の墓碑」にし、二の腕や背に氏名年齢、討死時を彫っていた、というのである。

互《かた》みに名を彫りあう死の直前の青年たちに、集団情死をイメージすることもできようが、私にしてみれば裸に字を彫りこむことで、死をさえ虚構にしてしまうことの見事さが印象に残る。こうした実録を省いては「裸まつり」を語ることはできない。

裸はどんな衣裳よりも劇的であり、人工的であり(たとえ、何の装飾を加えられなくとも、だ)――その上、不可視の現実、かくれている半世界を想像させてくれる。

裸が自然態であったり、健康美であったりしたのは、むしろ古代の話であり、現代では「裸ほど不健康で、異常態であるものはない」のであり、それゆえに美しくグロテスクで、私の心をそそるのである。

祭り太鼓がなり出した

あれこれ空想をめぐらしているうちに、祭りの時が近づいていた。

観音院の境内は、闘牛場のコロシアムのようにひろく、観覧席がそれをとりかこんでいる。人たちの吐く息が白いのは、寒中の真夜中のさむさのせいだ。境内の暗い隅《すみ》には、白狐《しろぎつね》をまつった紙の鳥居があったり、安産のための腹帯を売っていたり、身代りのお守りを売っていたりする。赤い文字なしの幟《のぼり》。

おきまりの盲目の婆さんがいる。小指より細い一目ローソクが千本も立ちならんだガラス張りの大きな棺《かん》。白装束の祈禱師《きとうし》。

他人の子を背負っている子守娘。捨て猫。

だが暗いのは隅の方ばかりで、境内の中央には目もさめるようなアークライトで、真昼のまぶしさが逆光になっており、そこに三千人を上まわる裸の男たちが、ひしめきあっているのだ。

ふいに一人の刺青した男が肩で風を切って横切る。その前に立ちふさがる腕組みした刺青の三人組、たちまち拳打《こぶしう》ちがはじまる。一団がパッと散り乱闘がはじまる。それはまさに人間の闘牛だ。血が飛沫になってとぶ。消防団がこれを分けているあいだに、べつの方で髪をつかまれて引き摺《ず》られてゆく男がいる。眼鏡が粉々になり、三、四人がそれを足蹴《あしげ》にし、消防団がくると散ってゆく。

壮絶という他はない。

「以前は、この裸まつりを四日間やってたんです。地押しといって、地元の若い衆ばかりのを三日間。それに本押しといって全国から集まってきてやる宝木投げこみを一日。それが、何分にもこのへんはヤクザが全国的にもっともはげしい抗争をつづけてるところでして（「仁義なき戦い」に見られる呉、広島の暴力団闘争の圏内）、たちまち流血騒ぎ。喧嘩祭りといっても、暴力団のために町民たちが宝木争奪にも加われず、福男にもなれないのでは意味がなかろう、ということになって昭和三十三年、三十四年は地押しを一日だけにしたが、三十五年に新聞に『暴力会陽』と書かれましてね、地押しは中止になったのです。いまは本押しだけですから、当時ほど荒っぽさはなくなりましたが……」と言うのは西大寺支所の木村堅一さんである。

だが、「会陽」のたのしみは出会いのたのしみであり、それが裸のぶっつかりあい、無目的の暴力によって盛りあげられているのは言うまでもない。それは、元禄期の「陽物くらべ」のようなユーモラスさはないが、べつの意味できわめて男性的であり、「男くらべ」であることには変りないように思われる。

十一時をすぎると、さらに裸はふくれあがってくる。白髪の裸、子供の裸、せむしもいる。だが、何といっても多いのは逞《たくま》しい若者の裸であり、「裸を着た」戦士たちである。

時ならぬ明るさ、喧噪《けんそう》、血わき肉おどる太鼓と掛声で、眠りをさまされた本堂の鳩《はと》が羽ばたき、群れてとび立つ。十四日間秘法によって厳修された修正会の結願《けちがん》のときがせまる頃には、数千人のもみあいひしあう男の裸が肌同士きしんで、皮膚が破れないように本堂の上から水がかけられる。しかし、もみあいは忽《たち》ち水を湯にかえて、湯気を立ちのぼらせてしまう。もうもうとたちこめる湯気の中の、裸の修羅《しゅら》になって、あの包茎少年も歯をくいしばり「男になろう」としているのだろうか？

十二時。ふいに本堂の灯りが消え、四囲のすべての灯りが消える。暗黒の中で、まず宝木を削った残りの部分（串子）が束ねられて投げこまれ、歓声があがる。ふたたび灯りがともり、裸たちは串子めがけて重なりあう。

その上へ、ほんものの宝木の投入。だが、決定的な瞬間は、ほんの一瞬だ。ワッとあがる歓声と、体を張った争奪戦も、ほんの数分で決着がついてしまうと、いままでの荒々しさは消えて、闇《やみ》の中にゆっくりとした西大寺の輪郭が姿をあらわしてくる。

もはや虚構は、そこには、ない。

「会陽」は、もう一つの性の祝祭であり、それは、合法化された収奪の競技である。数千人の中の二人にだけ福と幸運が約束され、他の数千人は、何も約束されないのである。

そのことは、ことしもまた「幸運が手に入らない一年」であったことを物語っている、ということになるのであろう。

だが、裸の男たちはそうしたことへのこだわりをまったく見せない。快いしびれが全身をつらぬき、身がひきしまり、裸を見せ終ったことへの満足感にあふれている。

それにくらべると遠くから眺《なが》めている外套《がいとう》を着た男たちの方が、はるかに露出的で、しかもさむざむしく、自然態のように思われる。

トーマス・マンに「政治を軽蔑《けいべつ》する者は、軽蔑に値する政治しか持つことができない」という言葉があるが、ここでは「裸を軽蔑する者は、軽蔑に値する裸しか持つことができない」と言い直しておくことにしよう。

さて、私もまた考え直す方がよさそうである。

銭湯の番台に坐るよりは、銭湯に入るにんげんになる方が、ずっとましだったのだ、ということについて。

馬染かつら

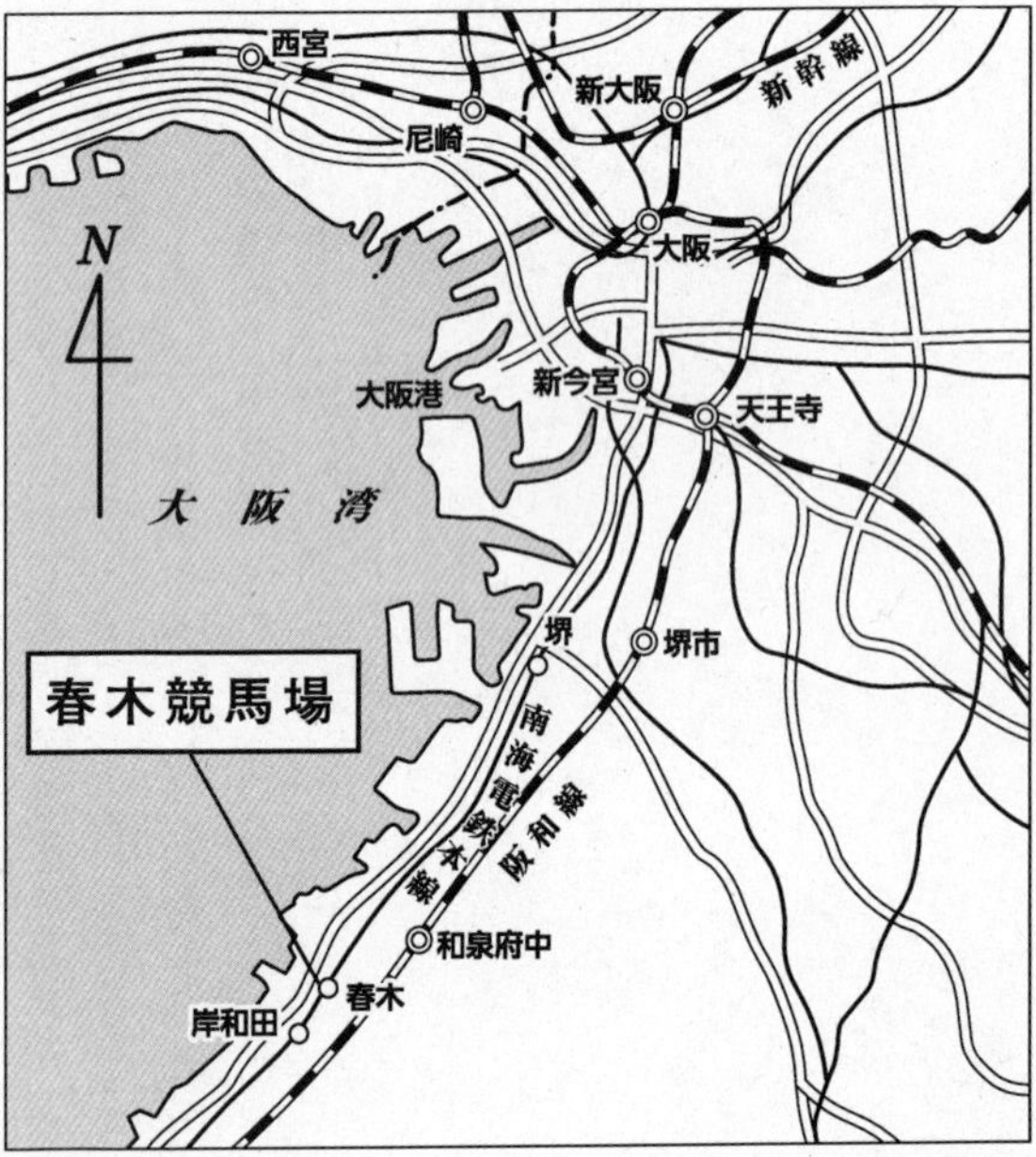
西宮
尼崎
新大阪
新幹線
大阪
N
大阪港
新今宮
天王寺
大阪湾
春木競馬場
堺
堺市
南海電鉄本線
阪和線
和泉府中
春木
岸和田

馬娘婚姻譚の由来

死んだ父と話をしたことがあった。

霊媒となったのは六十七歳の盲目の巫女《みこ》で、場所は下北半島《しもきたはんとう》の恐山《おそれざん》である。硫黄《いおう》で皮膚を灼《や》かれた岩肌《いわはだ》の上に、行李《こうり》を一つ伏せ、私と巫女に乗りうつった「父」とは、ほんの二言か三言話しあった。私は、うかつにも、

「父さん、お体はいかがですか？」

と訊《き》いた。父は「とてもいい、何も心配いらない」と答えた。「父」に乗りうつられた巫女は、岩山にぶつかる風に白髪を吹かれ、数珠《じゅず》を手にはさみながら、父とまったく同じような語り口で死後の健康状態について話すのだった。

以前、同じ恐山で口寄せして死んだ妻を呼び出し、話しているうちに妻が他の男と心中したのだと知って嫉妬《しっと》に狂った会社員が、霊媒の巫女を妻だと思いこんで「もう一度死なせてやる」と言って、ほんとに絞め殺してしまった事件があった。私の少年時代の風土は、まだまだ近代化に追いつけず、民間信仰が現実を支配しており、霊と

人との葛藤《かっとう》がひきおこす血なまぐさい事件が、あとを絶たなかったのだ。

たとえば、私たちの村には暗い畳の上に子供の姿をしてあらわれるザシキワラシ、みぞれの降る夜に仏壇背負って歩きまわるアマザケ婆サン、竈《かまど》の火のカマガミサマなど、他地方ではとっくに忘れられてしまった支配者がいて、日常生活を支配しているのだった。

町の遠さを帯の長さではかるなり呉服屋地獄より嫁ぎ来て
かくれんぼの鬼とかれざるまま老いて誰をさがしに来る村祭

ところで、この章ではその集団妄想《もうそう》の歴史の中でも、とりわけ長生きの（わが国に仏教が伝来する前から信仰されていた）オシラ神のことから書きはじめたい。

オシラ様は農神の一つで、蚕神であり、それが次第に養蚕をしない地方にまで信じられるようになっていった。まだ、十歳の頃、私は隣家の子守から悲しい唄を一つきいた。

それは「オシラあそび祭文」という長い譚詩《たんし》で、単調な節まわしにのせて、オシラ様の由来を語るものであった。

「むかし、村で一ばんの地主の家に名馬が一頭飼われていた。

その馬が地主の一人娘を好きになって、娘以外の誰《だれ》が餌《えさ》をやっても食べなくなってしまったので、怒った地主は、この馬を殺して皮を剝《は》いでしまった。

その皮を河原にひろげて干していたところへ、娘は供養に行った。娘が皮に近づくと、皮は娘をくるくるとまいて、そのまま風に吹かれて空へ舞いあがってしまった。

それから丁度《ちょうど》一年目の三月十六日に、空から白い虫と黒い虫とが降ってきて、桑の葉に落ち、その葉を食べながら二匹仲良く長生きした」というのである。

「馬娘婚姻譚」で、この話をくわしく評釈した今野円輔によると「オシラ神とよばれる神様は、その桑の木で作った神様」であり、「いまでも三月十六日にまつるのは、その命日だからである」ということになっている。馬と人間の娘が結婚して、蚕に変身するというのはいかにも怪想珍説だが、まったく関係がない訳ではなく、「蚕の背中には馬の蹄《ひづめ》のあとがある。お蚕様は馬の生まれかわり」(「馬娘婚姻譚の発見」今野円輔)ということが、古くから言われてきていたのだそうだ。

しかし、民俗学などに無縁だった少年時代の私の心に残っているのは、夕焼の下で、買われてきた子守娘が節づけで唄った祭文の、次の一節であった。

あたまの黒きはわが子のかたち

からだの白きは馬のかたち
これぞ不思議の宿縁がな

悲しきは馬肉の味

私の馬との出会いは、さかのぼるとオシラ様信仰からはじまったことになる。

しかし、馬にはじめて乗ったのは、中学生になってからであった。その頃私は、駅前食堂の屋根裏部屋に間借りしていたが、裏の天神山《てんじんやま》を抜けて、いつも米をわけてもらいにゆく家が博労《ばくろう》で、そこには馬が何頭もつながれていたのだ。

いまから思えば、古間木《ふるまき》──八戸《はちのへ》周辺は全国的な馬産地であり、そこで売り買いされていた馬の中には、あとになってからダービーに出走したような名馬もいたのかも知れない。しかし、私の馬市のたのしみは、密造どぶろくにありつけること、朝まで花札ができること、であった。私は帰りが遅くなると、夜の天神山を通るのがこわくて、空っぽの馬小屋の藁《わら》の上に寝たものだった。

ときどき、馬の種つけの手伝いもした。

種をつけられる牝馬を木につなぎ、種馬を率いてくる。種馬は大分年をとっていて、牝馬に近づくと、しきりに舌で牝馬の体を舐《な》めまわしたり、匂《にお》いをかいだりしながら

「前戯」をする。

やがて種馬の男根が膨張しはじめ、野球のバット位になると、種馬は牝馬の後方からのしかかる。なかには、暴れて種馬を蹴《け》ろうとする牝馬もいるが、大抵はおとなしく、されるままになっている。馬丁の源さんが、そのすぐそばまで行って、挿入の手助けをしてやるのだが、なかなかうまく入らない。中学生の私は、シーツを四つにたたんだのを持って、傍らに立っている。

やがて、本格的に性交しはじめると、二頭の馬の息がはげしく（まるで蒸気機関車の発車のように）加速しはじめる。馬のまわりを虻《あぶ》や蠅《はえ》がとびかい、陽がさんさんと注ぐ。種馬の肌は汗で黒光りして見える。

「終るぞ！」

と源さんが叫ぶと、私はシーツを持って駆《か》け寄る。それを源さんが受けとり、種馬が男根を抜いた瞬間に、牝馬のその部分をふさいでしまうのだ。そうしないと、精液があふれだし、種つけしても効果が半減してしまうからである。馬の精液は、乳のように白く、バケツ一杯分もある。それが、受精に成功したとなると、博労たちはどぶろくで祝い酒をやる。

いまならば、どんなに安くとも三百万、当時でも百万は下らないのがサラブレットの値段だったからである。

私にとって、馬の近くにいたその数年間が唯一の故郷の思い出であった。私と母とは、父の兄の営む駅前食堂に間借りしていたのだが、父の死の報せがとどくと「縁が切れて」駅前食堂にいづらくなり、母はベースキャンプでGI相手に働くことになった。そして、私は同級生の佐藤（いまは上京し、池袋でマッサージ師をやっている）の家へ下宿することになったのである。

その頃から、母は目立って化粧が濃くなり、酔いつぶれることも多くなった。ジープで、送って来てくれたGIと立って抱擁している母を、電信柱のかげから見ているだけで、私の胸は痛んだ。私も煙草をのむ中学生になり、よその畑の林檎《りんご》を盗む「ろくでなし」になった。そのうちに、母は私を青森市にある映画館に預けて、自分は福岡のベースキャンプへ「出稼《でかせ》ぎ」にいくことになったのだ。母子の生きわかれは、鍋《なべ》焼《やき》うどん一杯分の感傷で終った。

私は、古間木の山村と「馬のいる生活」から離れることになり、風呂《ふろ》敷《しき》包みと教科書、筆耕用具、グローブなどをもって青森行きの汽車に乗った。雪の降る日で、汽車は三十分もおくれて着いた。見送りに来た源さんが、「汽車の中で食って行けよ」と、アルミの弁当箱をくれた。まだあったかかったので、私はそれをセーターの中に入れて懐炉がわりにしながら「何が入ってるんですか？」ときいた。源さんは、「味噌煮《みそに》だよ」と言った。「馬肉の味噌煮だよ」

私は、びっくりして源さんの顔を見た。そのときまで、「人間が馬を食う」などということを知らなかったのである。馬を食って、故郷を去るのか、と私は思った。汽車が動き出してから、私は霧島昇《きりしまのぼる》の声色で「誰か故郷を想わざる」を二回唄った。三回目には喉《のど》がつまり、車窓にうつっている自分の顔は目がつりあがって怒っているように見えた。

私は十四歳だった。

裏町人生、馬憑《つ》き篇

はじめて競馬場へ行ったのは、東京生活に大分くたびれてからだから、二十三、四歳の頃であった。三年間の入院生活のあと、就学就職を禁じられ、自宅静養を言いわたされて病院を出たものの、することがなくて新宿の花園町界隈《かいわい》をぶらぶらし、ノミ屋の電話受けや玉突場のアルバイト、酒場でバーテンなどをしていたら、「競馬へ行ってみないか」とマスターに誘われたのだ。

チトセホープという牝馬の活躍していた年で、まだ競馬は市民権のない無頼の遊びにすぎなかった。しかし、馬場に着いてみて私はおどろいた。そこには「古間木の山村」がそっくり在ったのだ。

馬糞の匂いをふくんで吹く風、馬にまたがった騎手見習いの少年、そして何よりも豊富な緑の土地。私は新宿の裏町の一日中陽のあたらない安アパート暮しの中で失っていたものを見出した思いで、「ここだ」と思った。「長いあいださがしていた約束の場所は、ここだったのだ」と。私は、だんだんと競馬に病み憑くようになってゆき、すっかり競馬狂いになってしまった。私は何冊かの馬に関する本も書いた。競馬ファンに関する本も書いた。

しばらく逢《あ》わなかった死神に、また逢った。死神は、中古の背広を着ていたが、その下にはワイシャツがなかった。

春といっても、まだ寒い三月の三十日、スプリングステークスの日である。雑踏の中を穴場に向って急いでいると、一人の中年男がしゃがんで、コーモリ傘《がさ》の折れた骨を直そうとしているので、ふと立止まったら、男が顔をあげた。

見たら、それがあの「死神」だったのだ。死神はどこから見ても、ごくふつうの競馬ファンで、左のポケットにはもみくしゃにされた「競友」が入っていた。しかし、どんなにツイている日でも、彼と逢うとまったくツキが落ちてしまうのだった。(「死神」馬敗れて草原あり)

ジルドレは一九五三年四月十二日、英国のイーヴトン牧場で生れたサラブレットの馬である。この馬が、一四四〇年の十月二十六日に死んだ青髭《あおひげ》ことジルドレ侯の生まれかわりであるかどうかは、誰《だれ》も知ることはできないだろう。ただ言えることは、ジルドレ侯が稀代《きたい》の犯罪者として絞首刑にされたあと、火にかけられたときに、それを見物していた群衆の中の一人の老婆が、「こんな悪党は、二度と人間に生まれ変ることはできない。こんどは馬にでも生まれりゃいいんだ」といい残したことばが、真実めいて感じられるということぐらいのものである。（「悪の華ジルドレ」馬敗れて草原あり）

それから、私は中山競馬場で敗れたファンが、スッカラカンになってバスにも乗れずに歩いてくる田圃道、通称オケラ街道の名をとって「オケラ街道事典」というのも作ってみたりした。

たとえば、

スルメ＝競馬場では焼スルメを売っているが、これは金を「スルまい」というファンの決意が「スルめえ」となり、「スルメ」となったものである。

カツドン＝天丼は売ってないが、カツドンは売っているという大衆食堂が多い。これは「勝つ丼」の意であり、レースにのぞむ前の腹ごしらえに「勝」ということばは縁起がいいのである。

ウン＝敗けがこんでくると、ファンはウンをつけなければならない。ウンは運であり、同時にウンコのことでもあるのだ。大レースの前になると競馬場の便所が必ず満員になるが、これは「ウンを落としている」のではなく、「ウンをつけている」のである。

いつのまにか競馬は私にとって人生の比喩《ひゆ》であることから、もう一つの日常的な現実となっていった。私は競馬の一レースを通して、いなくなった一人の女の行方を推理したり、自分の明日の生活を占ったりするようになっていった。競馬場の外にいるときでも、私は馬と共にあった。私は、あの馬の頭のかたちをしたオシラ神に、いまでも支配されている馬憑きなのかも知れないと、ときどきほんとに思うのだ。

「馬が速いのは、馬を食う動物の速さが増大したことに対する反応だ。（逆に馬を食う動物も、馬に追いつくために自分の速さを増大させなければならなかったわけだ）脚の早い馬が生き残って、自分たちの種をさらに繁殖させ、脚ののろい馬は死滅した。これが、五千億年に亙《わた》って進行してきた進化の姿なのである」（H・G・ウェルズ「生命の科学」）

もし、馬の速さが、馬を食う動物の速さだったとしたら、いまでも必死で逃げる馬には「見えない、馬食い」がついているのかも知れない。そして、「見えない、馬食い」はサラブレットの死滅の歴史をめざして、あの故郷そっくりの芝生の上で、馬たちを追いかけつづけているのかも知れないのだ。競馬とは、そうした死神たちの競走であり、そこにひしめく十万人のファンらも、「見えない、馬食い」たちに加担しながら、自らの明日を賭《か》けているのだ。新宿二幸の横の易者小路で、東北弁の手相見に見てもらったときに、手相見の婆さんは言ったものだ。

「急ぎなさい、そうじゃないと遅れますよ」

だが、何に遅れるというのだろう。どれ位、急げばいいというのだろう。私は、射《い》手座《てざ》の生まれだが、この星のしるしは半人半馬の神獣であり、足は馬のように駆けているのに、顔はふりかえって過ぎてきた方ばかり見ているのであった。

春木《はるき》競馬の怪紳士

ぶらりと大阪の春木競馬へ行ってみたくなったのには、二つほど理由があった。

一つは、この数年かけて全国の「草競馬めぐり」を心がけていて、地方まで出かけていきながら、大阪では春木に行ったことがなかったということ。もう一つは、春木競馬が近く廃止になるので、その前に行っておきたいと思った、ということであった。

このところ、東京都知事の公営ギャンブル廃止論に見られるような、競馬競輪廃止の声があちこちに興り、春木競馬も昭和四十三年に「あと三年で廃止」と決めながら、地方行政の経済的理由などもからんでズルズルとのびてきたが、来年をもって「全廃される」と決まったのだ。究極的には、歴史のながれを必然的なものとして扱うのが政治イデオローグであるから、賭博のように「偶然に賭ける」ものが、反政治的であるのは止むを得ないが、必然を保障もせずに偶然を悪として扱うような施策は、偽善的であると言わねばならない。競馬廃止を叫ぶ声の大半は「人が集まることによって出てくる群衆公害」論であって、賭博論でもなければ、競馬の本質を検証するものでもないのである。群衆公害は、目的が何であっても人が集まれば函数《かんすう》的に出てくるものであり、そのことは「馬とは関係ない」ことなのだ。

春木競馬場は、その日は小雨が降っていた。草競馬の花は何といってもダミ声の予想屋だが、ここでも屋台を並べて「馬頭山人」といういさんから「聖馬号」というインテリ風、そして「無言一本槍」という愛想の悪い中年男、「福の神」「十勝社」「ホープ」などといった看板を並べて、それぞれが声を競いあっていた。私はポケットに「キンキ馬」という予想紙をいれ、ぼんやりと小雨にぬれながら、歩いていた……。

二人の相撲《すもう》取りが、穴場（馬券売場）のすぐ前の出店「あたりや」で、うどんを啜《すす》っていた。その横のベンチに腰かけて中年の男女が別れ話をしていた。男はソフトをかぶり、くわえ煙草で、遠くを見ている。女は、着物の上にショールをまいて、しきりに思い出話をしている。その競馬場の鈍色《にびいろ》の空を、とんびが二羽ばかり、ゆっくりと弧をえがいていた。

第二レース、平地競争（Ｂ１級ロ）。

本命はホクタイ。対抗はハイベストオーカンとセイドウクインである。

しかし、私はこのレースでミヤマヒメから買ってみることにした。ミヤマヒメは出走馬のなかでたった一頭の逃げ馬だが、すでに八歳である。八歳といえば、馬齢の中年をすぎており、スピードの競馬では息がもたないというのが常識である。しかし、金沢あたりでは十歳の馬がよだれをたらして、のめりながら走っているのもあって、八歳位の馬は地方競馬では「走りざかり」だと思われているのだった。

私が、ミヤマヒメをえらんだのには、もう一つ訳があった。それは、少年時代に駅前食堂に住んでいた頃、深山《みやま》さんという女中さんがいて、住込みで働きながら、よそへあずけてある子供にときどき仕送りをしていたのを知っていたからである。深山さんは、白痴というほどではないがお人好しで、一度も怒ったことがなく、そのために皆から軽んじられていた。あるとき、駅前食堂で盗難事件があって三、四万円の金が被害にあった。主人は深山さんに疑いをかけ、食堂中の人が「深山さんだ」と言った。（それは、だれでもいいから早く犯人を決めて、この事件を忘れてしまいたい、という彼らの保身の知恵でもあったのだ）深山さんは、盗人にされ、叱責《しっせき》されたが、警察沙汰《ざた》にはならなかった。深山さんは三日ほど、呆然《ぼうぜん》として台所に坐《すわ》っていた。そして四日目にはほんとに金を盗んで逃げたのだ。盗んだ金はたった二千円だったが、主人は火がついたように怒りだし、「警察沙汰にしないでやったのに、恩知らずの猫め」と、茶碗《ちゃわん》を床に叩《たた》き割った。そして「草の根わけても、つかまえてやる」と怒鳴った。私は、子供心に、「深山さん、逃げ切ってくれればいいのにな」と思ったものだ。深山さんは、そのとき四十六歳で、猫背で、ちいさかった。自慢できることは「耳が動く」ことだけで、酔って機嫌《きげん》のいいときには、耳を動かしてみせて、子供の私を笑わせてくれたものだった。出馬表で、ミヤマヒメ——脚質「逃げ」とあるのを見て、私はふとそのことを思いだしたのだ。私は、ミヤマヒメを頭にホクタイとトキノセンナリに二点買った。レースは、予想通りミヤマヒメが逃げ、楽勝で終り、二着にはハイベストオーカンが入った。直線で、ハイベストオーカンとセイドウクインが追いつきそうになったが、騎手が引っぱり気味におさえて「出来レース」（台本通りのレース）のようにも見えたが、それは私の考えすぎだったかも知れない。

スタンドは、人もまばらで、レースに関係なく拾い屋が他人の捨てた馬券をひろいあさっていた。彼らは競馬場のハイエナで、「ゼロに賭けている」のである。拾った馬券のなかから、まちがって捨てた当り馬券をさがし出し、それを換金して生活費にするのだから、もと手はかからない。私もやったことがあるが、半日で五千円位にはなるという〈裏町実業《バックストリート・ビジネス》〉であった。

私はふと、そうした群衆の中に、一人の不思議な老紳士を発見した。

老紳士は外套《がいとう》を着て、孫娘を抱きながらレースを観ているのだが、よくみるとその孫娘はセルロイドでできているのだ。だが、周囲のファンはだれ一人として、そのことに気がつかなかった。「孫娘」はほんもののワンピースを着、靴《くつ》をはいていた。

老紳士はときどき、その「孫娘」をあやすようにゆさぶったり話しかけたりする。それは、不気味というよりは、悲しい眺《なが》めであった。

第四レース、平地競争（四歳　四三・九万下）

ここには三戦全勝のセントテネシーという馬が出走する。だが、おかしなことに本命は、このところ五着、三着、七着のコウシンホマレ、対抗は三着、二着ときたコウセイホースなのだ。こうした予想は、いささか理解にくるしむが、それがまた草競馬の面白いところでもあるのだろう。

私はセントテネシーの単勝を特券で十枚買った。パドックでの気合いも十分であり、調教も入念にやっていたからである。

だがレースはゲートがあいたときから、私の期待を裏切った。ポンと出たセントテネシーに、二枠のオドマリーガッツという馬が出ムチをくれて並びかけてゆき、一コーナーをまがるところで内のセントテネシーに積極的にかぶさってゆき、セントテネシーが後退すると、オドマリーガッツは馬ごと柵《さく》に体当りして、騎手は落馬してしまったのである。ぶっつけられたセントテネシーは、そのあおりを受けておくれ、後方追走するかたちになって、いいところなく敗退した。私は「むつかしいな」と思った。

スタンドを見ると、老紳士も外れたらしく、馬券を破き捨てるところであった。

私は、老紳士の〈孫娘〉について二、三の推理を立ててみた。

一、老紳士が〈孫娘〉がセルロイドであることを知らない場合。

（たとえば老紳士が狂人なので、ほんとの孫娘が死んだあと、家族が孫娘そっくりの人形を作って〈孫娘〉だと信じこませているということもあるだろう）

二、老紳士が、ほんとの孫娘の代用品として〈孫娘〉を抱いている場合。

（たとえば、身よりのない老人が自分をなぐさめるために作った模擬孫娘ということもあるし、死んだ孫娘の思い出に、そっくりの人形を作って抱いている、ということもあるだろう）

三、老紳士にとって〈孫娘〉が勝利のジンクスである場合。

（競馬ファンには、さまざまなジンクスがある。ポケットに、不渡り手形を入れてある日は勝てる、とか、前日に散髪すると勝てる、といった類に。この老紳士にとって、セルロイドの人形をもって来ると勝てるというジンクスがあったとしても、不思議はないだろう）

春木競馬の雨は、午後になるとますますはげしくなってきた。

私は、濡《ぬ》れながら次のレースのパドックへと歩いていった。謎《なぞ》の多い地方競馬に挑戦し、最後の勝利を手に入れるシャーロック・ホームズのように、大股《おおまた》で、ポケットに手を入れたままで。

当世サクラ鍋気質

天王寺の宿へ帰ってきて、ごろりと横になると、私はまた子供の頃によく唄った「オシラあそび祭文」を思い出した。

競馬に敗けた日は、いつもこうなのだ。

「これが人間の身ならば、一夜の契《ちぎ》りをこめべきものよと、あひくやうふさいで、かすみの鞭《むち》で、三度撫《な》でさせたまふなり。

性ある名馬のことなれば、前ひざ折つて、恋のやまふと悩みける」

思えば、東北の寒村では馬は大きな労働力であった。一家を支える四本の足は頼もしく、馬のいる農家と馬のいない農家とでは、まるで年収も違っていたのだ。オシラ信仰は、養蚕がはじめて農家の業となったとき、「カイコなどで一家全員が食べていけるものだろうか」という農民の不安をとりのぞくために案出されたものではなかったろうか？

「蚕の背中には馬の蹄《ひづめ》のあとがある。お蚕様は馬の生まれかわり」ということばの裏には、蚕を飼うのは馬を飼うのと同じことだ、という自己慰藉《いしゃ》がある。つまり、養蚕を「馬の稼ぎ」と同一化して考えるために、巫女《みこ》に祭文を語らせ、「馬の生まれかわり」説を流布《るふ》し、農耕だけに依存しないですむようにしていった村の指導者たちの操作（マニプレーション）が読みとれるのである。

こうした「伝説」の多くは、何か他の目的のために集団的な世論を喚起しようとして作り出されたものが多い。迷信も、多くの場合は、最初から「迷信」として生みだされ、集団妄想《もうそう》化することによって、効果と目的を果していったのではなかったかと思われるものが少なくなかった。

だが、人がこれほどまでに「馬の力」を評価し、ときには神格化までしておきながら、腹が空くと平気で、馬の肉を食うというのは、信仰に裏切られて、自らの神を食ってしまうことなのか、それとも、馬と馬肉とはべつだという考えなのだろうか？競馬に敗けると、「復讐《ふくしゅう》戦だ！」と言ってくりこみ、腹一杯に馬肉を食って満足して帰ってくるという快感を、いつからか私も持つようになっていた。台所にもうもうと立ちのぼる湯気！　地獄の大鍋《おおなべ》。刻まれてゆく馬の体の部分。のれんには「商標登録　さくら」などと書いてあり、玄関では下足札をくれる店もある。大座敷には宴会風に床几《しょうぎ》が並べられ、どの鍋からも湯気が立ちのぼっている。

「おそいね」

　と一人が言うと、もう一人が、

「馬がまだとどかねえんだよ」と答える。

「何しろ、中山競馬場は遠いんだ」

「今日の肉は、やっぱり今朝の第二レースの障碍《しょうがい》落馬で安楽死させられた馬だろうか」

　と一人が真顔になると、女中さんが「サラブレットなんか、固くて食べられませんよ」とやり返す。しかし、サラブレットよりもアラブや軽半、農耕馬や荷引馬の筋肉がやわらかいとも思えないし、食肉用の馬が特別に飼育されているという話もきいたことがないのである。

「あんなこと言ってるが、鍋の中身は女中なんかにゃわからねえんだ」

　とまた一人が言う。

「昭和二十年にダービーを勝ったカイソウって馬が行方不明になってしまった。いろんな人がさがしたが、とうとう見つからなかった。あれなんか、お前、バサシかサクラ鍋になって食われちまったに違えねえのよ」

酔いがまわってくると、みんな言いたい放題になる。壁には「家伝　やけどに効く馬の油　百円」などと貼紙《はりがみ》がしてある。スキヤキ風にあつらえたサクラ鍋の煮えるまでのあいだ、私は「馬肉」のことを、なぜ「サクラ肉」というのだろうか、と考えていた。たとえばサクラの代紋（私の死んだ父は刑事だった）、花のサクラ（私のはじめて学んだ文章は「サイタサイタ　サクラガサイタ」であった）、オトリの意味のサクラ（馬を口実にして、私はほとんど競馬場の人ごみに逃げこみに行くのだった）だが、ここで食べる馬の肉は、少年時代に源さんがもってきてくれた弁当箱の中の馬肉にくらべて、何てやさしい味がするのだろう。戦後は遠くなり、馬の肉までやわらかくなったのだろうか。

私は、サクラ鍋をつつき、湯気で顔をくもらせながら、口の中で何べんも呟《つぶや》いていたのだった。

「誰か故郷を想わざる」「誰か故郷を想わざる」と。

花嫁化鳥

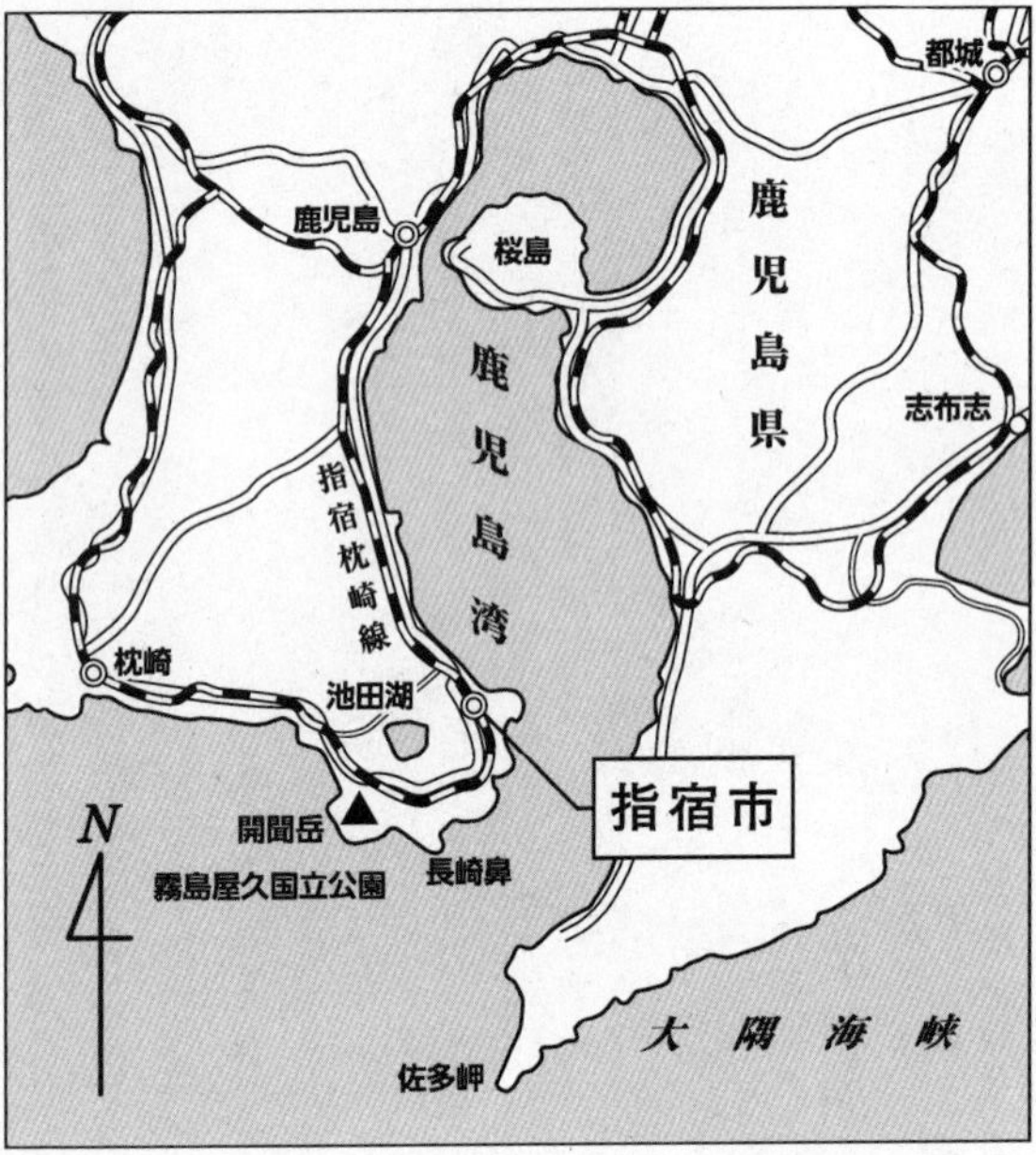

都城
鹿児島県
鹿児島
桜島
鹿児島湾
志布志
指宿枕崎線
枕崎
池田湖
指宿市
N
開聞岳
長崎鼻
霧島屋久国立公園
大隅海峡
佐多岬

箒《ほうき》で人を打つと禿《はげ》の花嫁が

私の少年時代に、「初恋宗教」というのがあった。

「もろもろの不幸は、ことごとくこの初恋のたたりである。だから初恋の生霊、死霊を払いきよめてつき進めば、未来は祝福され、幸運が招来される」（今野円輔「現代の迷信」）というのが、その宗旨であって、正式の名称は天元教と言い、本尊は難波寿一という人であった。

どんな人でも、ふりかえれば一度や二度は人を好きになった記憶があるので、それが恋愛として成就していれば、人生が変っていたかも知れないという回想と悔恨をたくみにとり入れた宗教である。ここでは、その教典をくわしく紹介することは省くが、「初恋のたたり」を除くことによって、難を避けるという儀式が、また変っていた。

まず、人形に初恋、二度目の恋の相手の似顔とヘソ、それに姓名と年齢を書きこむ。そして「おもい流れて水となれ」とその上に書き封じて、机の抽出《ひきだ》しとか仏壇の奥におく。それから七日七夜、便所の中であれ、掃除中であれ、休みなしに教典「南無忠孝妙法典」を呪文《じゅもん》のように唱えて祈り、満願の日にその人形を川に流すか庭で焼き捨てるかすると、霊験があらわれるというのである。万一、その霊験があらわれなかった場合は、初恋の相手が書きこんだ人とべつの人だったのではないか、と問い直されるし、お祓《はら》いの期間中に他人に見つかると、逆効果になる場合もある、ということになっていた。私は、初恋宗教の信者だった訳ではないから、「南無忠孝妙法典」を唱えたことはなかったが、しかし、これが巷間《こうかん》で言われるようなインチキ宗教だとも思わなかった。

むしろ、一切の信仰は遊戯《ゆうぎ》の領域に属すと思っていたので、「愉《たの》しみは複雑で、多いほどよい」位にしか考えず、こうした迷信が減ってゆく合理的な社会にさびしさを感じる位だった。

いま、手許《てもと》にある二、三の文献から、恋や結婚に関する「迷信」を拾いあげてみると、次のようなものがある。

㈠結婚祝いにはオツリをつけないこと。(二度とないように)　鳥取地方
㈡四、十違いの人と結婚してはいけない。　秋田地方
㈢嫁を送り出したときには、必ず大戸をしめる。(帰って来ないように)　山梨地方
㈣若い娘が自分から指輪を人にやると、縁が遠くなる。　長崎地方
㈤花嫁と夫が足を洗うとき、たらいに二人で三本つけてはいけない。　京都地方

㈥新婚でも、同じ部屋を二人で箒《ほうき》を持って掃除してはいけない。　北海道地方
㈦縁談のときお茶を出すといけない。　秋田地方
㈧八畳の部屋に嫁一人で寝ると大蛇《だいじゃ》になる。　大分地方
㈨嫁入りの帯を着物にすると、首がしまる。　福井地方
㈩箒で人を打つと禿《はげ》の花嫁をもらう。　島根地方
(二)新竈《にいかまど》の前で唄をうたうと火がもえない。　徳島地方
(三)嫁は絶対にサルという言葉を使わない。　岩手地方

仏滅《ぶつめつ》の日は花嫁が来ない

私は、結婚はきらいだが、花嫁と新婚旅行は好きだった。

結婚には、日常性がつきまとうのでわずらわしいが、花嫁とか新婚旅行は虚構だからである。

赤ままの花をならべて「ままごと」をしている女の子に「大きくなったら何になりたい？」ときくと、「おモメさん」と答える。おモメさんは、おヨメさんのことで、幼児が何度教えても「死ぬ」を「死む」とおぼえるのと同じように、「花モメ」「おモメさん」と言う方が、通りがいいらしいのだ。

女の子は、おそらくおモメさんの晴れ着、周囲の祝福といったことを通じて、人生の「主役」を演じることの華《はな》やかさにあこがれるのだと思うが、現実の花嫁はあまりにも、はかない。

それは、女の一生の中の一万分の一にも足りない、つかのまの一瞬である。

なぜなら、どんなに長びかせたとしても、女の子が花嫁でいられるのは「式の始めから終りまで」のほんの数時間のことであり、あとの数十年は、妻か母になって暮すことになるからである。死ぬまで花嫁のままでいることができたら、どんなにいいことだろう。

実は、と友人が言った。鹿児島に新婚旅行の新しいメッカとして、指宿《いぶすき》という温泉地があり、そこには日に数千の花嫁たちがくりこんでゆくというんだが、行ってみないか？

指宿といえば、熱帯植物や砂風呂《すなぶろ》があって、他の新婚旅行地と少しばかり趣の違った土地として知られている。新婚旅行といえば、二人だけで演じる観客のいないドラマであるから、装置はできるだけ賑《にぎ》やかな方がいい。もしかしたら、花嫁が妻にかわるための、虚構と日常のすりかえの手品のタネを、手に入れることができるかも知れない。「行ってみよう」と、私は思った。

早速、交通公社に電話して、指宿で一ばん多くの花嫁の泊まる「指宿観光ホテル」

を予約し、午後の飛行機で鹿児島へと飛んだ。旅行鞄《かばん》には観光地図と、ロルカの詩集。ロルカはこんな風に、花嫁について書いている。

花嫁　市場から市場へとわたしを連れて行ってちょうだい。旗のように風にひるがえる婚礼衣裳《いしょう》を、みんなに見せつけてやるんだわ。

あなたの夢の番をするため、わたしは裸で眠るんだわ、森の様子をうかがいながら。わたしは、このひとに殺していただいて、この人と二人一緒に死ぬために来たんです。

そして、花嫁は「殺していただくときは、手なんかではなく、鍬《くわ》か鎌《かま》で打ってください、刃が骨まで砕くように、強く！」と姑《しゅうとめ》に頼む。作品の題は「血の婚礼」である。あの、純白の花嫁衣裳には、血を浄《きよ》める何かがあるように感じるのは、どうやら私ばかりではないらしい。ともかく、私は花嫁たちを見るために、南の果てまで飛んで行ったが、むろん、花嫁同伴ではなかった。

さて、ホテルへ着いたときの印象は、私にメキシコ旅行を思い出させた。

青空の下の石造の巨大な建物。それが指宿観光ホテルだった。私は、ロビーにしばらく腰かけて、外の海岸沿いの熱帯植物ハイビスカスに目をとめていた。

——花嫁が多いときいたけど、全然いないじゃないか。

というと、ホテルのボーイが答えた。

——新婚さんの御宿泊は、「運勢暦」に関係があるんです。今日は仏滅ですから、ほとんど結婚式がありません。明日は大安《たいあん》で、それから一日か二日おくれて、ホテルが満員になります。

暦の本によると、結婚式に向いているのは、大安と友引《ともびき》である。大安は一日中吉、友引は午前午後が吉で、正午が凶ということになるらしい。暦には、こうした六曜暦（現在は七曜暦月火水木金土日）のように、結婚の日えらびに用いるもののほかに、いいえとがあり、たとえば「宝暦大雑書目録」などをめくると、

「男をころす女あり。きのえとら、みづのえね、かのえさる。女をころす男あり。ひのえむま、つちのえゐ、みづのととり。かくのごとく生年を見わけ、夫妻の契りあるべし」

とか、「男女あいしよう四悪十あくの事」のようにひつじの年とたつの年。さるの年といの年。むまの年とうしの年。とりの年とねの年。とりの年とみの年。いぬの年とうしの年。

などを相生の悪いものとして挙げているものもある。こうした例は、家相者流、占術者の説であって、その根拠は、みな、五行の相生相剋《そうこく》からきたものである。（藤沢衛彦「日本民俗学全集」）

こうした迷信が、冠婚葬祭のたびに重用《ちょうよう》されるということは、私たちが日常生活の中の必然化された体系、経験による因果律といったものへ、神話の余地を残しているようで面白い、と私は思った。合理主義からでは生まれてこない無駄なものの中にこそ、文化が存在するからである。

ところで、この指宿観光ホテルにやってくる花嫁花婿は、一年に約六万組もあり、多い夜は四百五十カップルも泊まることがあるというから、いささか驚かされた。

ただ、最近は新婚旅行も、花嫁とその夫が地図を片手に、あてのない人生への旅を歩きはじめるというのではなく、何組かをまとめたパッケージ・ツアーになっていて、コースも決まっており、

「折角、さいはての南の海岸までやって来ながら、夕方着いて食事をして、一泊して早朝発つのが多いため、指宿まで来たという意味が感じられない新婚さんが多い」（川越営業部長）

ということであった。

おそらく、スケジュールに追いまわされて、思い出の代りに疲れと睡眠だけが残る

修学旅行と同じように、新婚旅行もまた、ベルトコンベアーの上を走らされてしまっているのかも知れない。

「そこで、私どもでは、ハイビスカス・ハネムーンと名づけまして、二泊していただく新婚旅行なども企画し、喜ばれております」

と川越部長は言うのだった。

按摩《あんま》の花嫁談義

その夜、私はホテルの窓をあけて、潮をふくんだ風をさそいこみ、按摩に肩をもんでもらいながら、按摩の問わず語りをきくことになった。按摩は、ほとんど呪《のろ》いをこめるように、新婚について語った。

「大体、新婚旅行に来て、あたしどもを呼ぶようなのは、離婚しますね。すぐにわかりますよ。部屋の空気が、他の新婚とちがっている。何というか、スーッとつめたいものがただよっているんですね。呼ぶのは大抵、男の方ですが、花嫁と一緒にいて、気づまりを感じはじめる……つまり、間がもたなくなる……水を飲んだり、部屋の中を歩きまわったり……親に電話をかけたりしているんですが……そういう男にとって、一生でいちばん長い夜とでもいいますかね、とうとう、することがなくなってしまう……そこで、あたしどもを呼ぶということになる訳ですよ。花嫁をすぐに抱こうとしている男、二人でいて退屈もせず、話もなくならない新婚さんなどは、決してあたしどもを呼んだりしません。新婚の夜を、ひとに邪魔されないために、わざわざこうしたさいはての土地まで、旅行してくる訳ですからね」

久しぶりに肩をもまれたので、私は睡気におそわれて、うとうとしはじめる。潮鳴りが遠い記憶をかきたてるように、ゆっくりと寄せては返している。たぶん、按摩は、新婚旅行者にとって「三人目の人間」なのだろう。新婚旅行だけではなく、すべての旅行者にとっても、按摩は「三人目」として現われてくる。彼らが盲目なのは、三人目の人間が、旅行者の人生の観客になることを怖《おそ》れた、風土史の知恵だったのかも知れない。

「一度、この同じ部屋で男の方を按摩してあげたことがありましてね」と、按摩は言った。

「その方は、一人旅でしたが、はなしをきいていると、二、三年前に新婚旅行で、指宿《いぶすき》に来たことがある、というんです。で、そのときに、あたしを呼んで腰を揉《も》ませた。ところが、それが口喧嘩《くちげんか》の原因になりましてね、嫁さんは『ムードをこわした』とか『あたしの気持をわかってくれない』とか言って、あたしが帰ったあと泣き出し、その方は夫としての体面を守ろうとして、その嫁さんを怒鳴りつけ、それがしこりとなって、とうとう別れることになってしまったというんです。

どっちにころんでも、按摩なんて、疫病神《やくびょうがみ》ってところなんでしょうか」

私は、ほとんど眠りの中に半身を入れていた。按摩は、浮遊術を使って私の体を暗黒の中に漂《ただよ》わせているようだ。私には、按摩の声が、ひどく遠いもののように感じられた。

「いまどき、ベッドなんてものができましたが、あんなものに寝るから体が疲れやすくなるんですよ」と按摩は言った。

「畳の上に寝るのが一ばんいいんです。

畳の上に蒲団《ふとん》をしく。しっかりと固定した床の上で大の字になって寝る。体は動かず、どこまでも深く眠れる。ところが、ベッドには安定感がない。ベッドで寝てるときには、体は宙に浮いてるのと同じですから、眠りながらいつもバランスをとっていなければならない。曲芸か軽業と同じですからね、これは体にひどくわるい……できたての赤ん坊を、ベッドなんかに寝せたら、骨がバラバラになってしまいますよ、お客さん」と、言う声まで私は覚えていて、あとは全く、意識がなかった。「できたての赤ん坊を、ベッドなんかに寝せたら、骨がバラバラになってしまいますよ」「骨がバラバラになってしまいますよ」「骨が……」「バラバラに……」「バラバラ……」

「バラ……」「バ……」

砂風呂での二人の会話

大安から一日過ぎると、新婚で一杯になるというのは嘘《うそ》ではなかった。

ホテルは、満室になり、その大半は新婚夫婦だった。彼らは夕方着いて旅装を解くと、ベランダへ出て海を見たり、郷里の親たちへ電話をかけたり、ホテルの娯楽施設で遊んだりして、夕食の仕度ができるのを待っていた。

私は、その楚々《そそ》とした新婚のカップルに、なぜか「生贄《いけにえ》」を見ているような感じをもったが、それがなぜなのかは自分にもよくわからないのだった。彼らの何割かは、この土地の名物である砂風呂へ入るというので、私も入ってみることにした。

大浴場、ジャングル風呂を抜けて、鍾乳洞《しょうにゅうどう》のような暗闇《くらやみ》を通り（そこには、小さな神社があり、赤い鳥居に狐《きつね》などが祀《まつ》られてある）、外へ出ると墓標のない墓地のようなところがある。

それが名物の砂風呂だった。隠亡《おんぼう》か墓掘り人夫のような男が、シャベルで穴を掘っており、その穴から湯気が立ちのぼっている様子は、さながら地獄を思わせた。

「入浴」を希望すると、墓掘り人夫は掘ったばかりの穴に私を埋めてくれた。寝棺《ねかん》のような穴にあおむけに寝て、全身にじっとりと重く熱い砂をかけられていると「生は、死を養う」ということばが、実感となってくる。

私のすぐ隣では、新婚の二人が同じように砂に埋められて、目をとじていた。おそらく、二人はべつべつのことを考えているのだろう、と私は思った。

しかし、その「べつべつのこと」から、共通分母をさがし出す仕事、それが愛というものなのかも知れない？

「シマ馬というのは」

と花嫁の方が言った。

「黒い馬に白いシマが入っているのかしら、それとも白い馬に黒いシマが入っているのかしら？」

男はだまっていた。

考えているとも見えず、砂から出ている顔には、汗がじっとりとにじんでいた。花嫁もまた、熱砂から顔だけ出していたが、妙にはしゃいでいた。

「もしも、まちがってネズミを飲みこんでしまったら、どうすればいいか、知ってる？」

男は、やっぱり答えない。砂風呂中に立ちこめている湯気は、あちこちに生き埋めにされた新婚夫婦を「地獄めぐり」にいざなっているようだ。

「わからなかったら、教えてあげようか」と花嫁は言った。

「ネコを飲みこめば、いいのよ」

飲みこんだネズミの始末のために、ネズミよりも大きいネコを飲みこむ、という小話は、私には、彼女らがこれからすごす生活の比喩《ひゆ》のようにきこえた。ネズミが娘時代の日常性だとしたら、ネコは結婚後の日常性だ。ともに、重い桎梏《しっこく》と抑圧をひきずっている。「毎日がおもしろくない」という理由から、結婚というネコを飲みこんだりすると、あとになってから、そのネコによって苦しめられることになるだろう。

新婚旅行の非日常性にくらべれば、そのあと二人を繋《つな》ぐ日常性というやつは、はるかにしたたかで、退屈で、不毛だからである。

一年前には、隣あわせた新婚同士のあいだに「人ちがい」があった、ということをきいた。新夫が大浴場からあがって、帰ってきて、まちがって隣の部屋へ入ってしまった。花嫁が一人で寝ていたので、灯りを消してベッドの中へ入り、それを抱いた。ところが、その最中に、花嫁の「ほんものの夫」が帰ってきて、びっくりして大声をあげた。

「何も知らなかった」花嫁は泣き出し、さきに入ってきた新夫の方は、ただただ恐縮するばかり。

その新夫の花嫁の方は、入浴に出かけた新夫があまりおそいので、待ちくたびれて眠ってしまっていて、朝までまったく知らなかった、というのである。

この夫婦も、結局二組とも別れてしまった、というのだが、新婚旅行の非日常的な昂《たか》まりとくらべれば、日常性というやつは、あまりにもリアリステックで、無味乾燥なのかも知れない。

指宿観光ホテルでは、夕食のときに大きな野外ステージで、ハワイアンのフラダンスや火踊りを見せているが、他の新婚旅行のメッカでも多かれ少なかれ、こうした非日常化によって旅行者たちを「夢の国」へ案内する。そして、花嫁は「夢の国」へ行けるが、妻や母はどこへも行けない、という哲理を裏づけることになるのである。

私は「花嫁」という、日常から突起した一つの役柄について考える。ツノを決して見せぬように、ツノカクシで覆《おお》い、捨てられたら死ぬための懐剣をふところにしのばせた呪術《じゆじゆつ》的な虚構は、いまのところ儀式として私たちの生活史のなかに浸透しているだけだが、本来的には、女はいつでも男との関係に於いて、こうした自己演出の機会を持つことができるのであり、決して一生に一度だけのものではない筈《はず》ではないのか。

もし、赤ままの花の女の子に、「あたし、大きくなったら、おモメさんになりたい」と言われたら、私は「なりなさい」と答えるだろう。「なりなさい、毎日なりなさい」と。

きんらんどんすの帯しめながら

花嫁御寮はなぜ泣くのだろ

という感傷は、聖なる花嫁の一回性にこめられたものである。少女時代からあこがれた花嫁になってしまった。（つまり、もう二度となることができないのだ）という、悔悟が感傷になっているのだが、もし、「毎日、花嫁になれる」ということになれば、こうした蕗谷《ふきや》虹児《こうじ》の唄も、花嫁をめぐる多くの迷信も反古《ほご》になってしまい、人生が数倍たのしくなると思うのだが、どんなものだろうか？

蜘蛛《くも》の巣と家庭との関係

この指宿観光ホテルから車で三十分程行ったところに「鹿児島亜熱帯有用植物研究所」というのがある。

そこは、ウナギ池というところの畔にあり、熱帯植物の熟れ切って官能的な匂《にお》いがムンムンと充満しているらしい。私は、ホテルの千恵子さんに案内してもらって、それを見学に行ってみることにした。

「この池田《いけだ》湖には」

と千恵子さんが言った。

「ニシキヘビよりも大きいウナギがいるんですよ」

私は、びっくりして、

「ニシキヘビだって？」と訊《き》き返した。

「十七、八キロの重さ、一メートル七、八十の長さのはザラにいます」

車がウナギ池へ近づくにつれて、砂埃《すなぼこり》が白くなり、家が次第に少なくなった。ときどき熱帯植物のあいまに、小さな農家の屋根が見えかくれする位で、ほかは一望の緑だ。

「このハイビスカスは、ホテルにもずい分あったけど、新婚には何か縁起がいいのかな」

ときくと、千恵子さんが、

「ハワイでは、未婚の人は左の胸にこれをかざり、既婚の人は右の胸にかざるそうですよ」

と教えてくれた。どうやら、ハイビスカスの飾り方が交際の時に役立つということらしい。フレーザーによると、植物神、樹木の霊というのはどこにでもあって、樹木(とりわけ松の木)は、人間が変身させられた姿だと思われている、というのであった。

「近代の民俗においては、たとえば木にくくられた人形は、樹木の霊アッティスの複身的代表にほかならなかった。この人形は樹に結びつけられてから一年間はそのままにしておき、それから焼かれる」

のだそうである。なぜそんなことをするのかというと、アッティスに、自分たちの生活のみのり、安全、豊饒《ほうじょう》さを約束してもらうためであり、同時に樹が松の場合には「松の地味ではあるが変ることのない緑は、季節の悲しい変転にわざわいされることなく、それに会うため身をかがめている大空のように不変かつ永遠なある存在の神聖この上もない生命の座を表わすものとして彼らの目に映った」から、ということであった。樹が蔦《つた》であっても棕櫚《しゅろ》でも同じような信仰はつきまとい、「アッティスの去勢された祭司たちは、蔦の模様の刺青をしていた」という文献もある。指宿におけるハイビスカスにも、こうした呪術的な共感性がつよくにじみ出ており、新婚夫婦はホテルを発つとき、小さな鉢《はち》植えのハイビスカスをもらう。

このハイビスカスが、指宿の一夜を形象化したものとして彼らの家庭の片隅《かたすみ》におかれる。ハイビスカスの成長、あるいは枯衰が、二人の実生活と、どのように対応してゆくかは、興味深いところであった。

「亜熱帯有用植物研究所」は、山の中腹にあり、園丁は足の悪い福留さんという人であったが、彼の植物の説明がまた面白かった。たとえば銀羊歯《しだ》の場合。

「この銀羊歯は、おかしな性格をもっていまして、自分の鉢には決して子芽を出させないが、よその鉢には平気で子芽を出すんです」というのである。

「だから、こうして銀羊歯の鉢を並べておくと、お互いに他の鉢に子芽を出させあい、どの鉢にも、新しいのが育ってゆくんです」

ここには、新婚旅行の一夫一妻制へのアイロニーのようなものが読みとれる。

花嫁たちは、「銀羊歯」の性格の説明をききながら、ひそかに自分の将来をおそれることになるかも知れない。「他人の家庭にしか子を作らない夫」と新婚旅行をしているとしたら、怖ろしく悪い冗談のような気がするからである。

「食虫植物のサラセニアというのは、これです」と、福留さんが示した植物は、筒状の高さ九十センチほどの、花とも葉ともつかぬ植物であった。

「これは、花弁の裏にトゲが密生していて、ムシが入るときは何ともないが、一度入ってしまったら、トゲにぶっつかるので出ることができない。結局、中で死んでしまうんですな。そこで、サラセニアは虫の屍《しかばね》を肥料にして成長してゆく。高山性のもので、花は毒色とでもいいますか、一種異様なものです」

私が花弁の中を覗《のぞ》きこむと、中には翅《はね》をもぎとられた羽蟻《はあり》のようなムシの死体が、おりかさなっていた。これもまた、新婚旅行地における「家」の比喩《ひゆ》か――と私は思った。

「よくごらんなさい」

と福留さんが言った。

「花弁の中に、蜘蛛《くも》が巣をはっているでしょう。これは、サラセニアの中へ入ってきたムシを、花よりさきに横取りして食べてしまう蜘蛛なんですよ」

ゾッとするような話だが、たしかに一条の巣の糸が見える。蜘蛛は、熱帯性らしく、あざやかな色をしている。他にも、プルケ酒のとれる竜舌《りゅうぜつ》から、人間の頭より大きなサボテンまで、グロテスクで悪意にみちた熱帯植物がごろごろしている。

「この、とぐろを巻いているニシキヘビのようなのは何ですか？」

ときくと、福留さんは、

「サボテンの不具ですよ」

と言った。

「本来ならば球状になって、毛の生えた大きな卵のようになるんですが、それがうまく丸まることができずに、ほどけて、蛇《へび》がうねってるようになってしまったんです」

話している福留さんの頭から肩へかけて、大きな蜘蛛が巣をかけはじめる。

福留さんは、それをさりげなく手で払って、

「このへんは蜘蛛が多いんですよ」

と言った。すぐに巣を作りたがる蜘蛛の習性もまた、新婚旅行地の一つのアレゴリーでもあるのだろうか？　いずれにせよ、私はすっかり熱帯植物の悪意にあてられて、嘔吐《おうと》しそうになっている自分を感じた。レヴィ・ストロースにとって「悲しき熱帯」だったものが、私にとっては「憎々しき熱帯」となった。これらの竜舌やサボテンは、ときどき大声をだして哄笑《こうしょう》するのではないか、と思いながら私は車へもどった。

　むし暑い一日だった。


　帰りの車の中での、千恵子さんとの会話。

――花嫁とは言うけど、花妻とは言わないもんね。

――毎日、花なんてつけてよぶのが、めんどくさいからでしょ。

――しかし、やっぱり、花がついた方がいいような気がするな。

――こうして、一夜に何百組もやってくる新婚さんが、二人そろって旅行するのは、このあと何年もないんでしょうね。

――経済的なこともあるからね。

　それに、「家」を持っちゃうことになるし。

――先生はカタツムリとヤドカリとどっちが好き？

――カタツムリとヤドカリ？

——カタツムリは家を背負って旅行するでしょ。

ヤドカリは、ゆくさきざきで家を見つけて入りこむ。

——しかし、どっちも一人旅だね。

——一人旅ってきらい？

——ああ。

こうやっていつも旅ばかりしていると、ときどき思うんだ。

人生は汽車に似ているな、ってね。旅をしながら年老《と》って古くなってゆく。自由になりたいな、って思うが、レールの外へ出れる訳じゃない。

——先生、奥さんをもらいなさいよ。

——いや、おれは花嫁は好きだが、奥さんはきらいなんだよ、ほんとに。

くじら霊異記

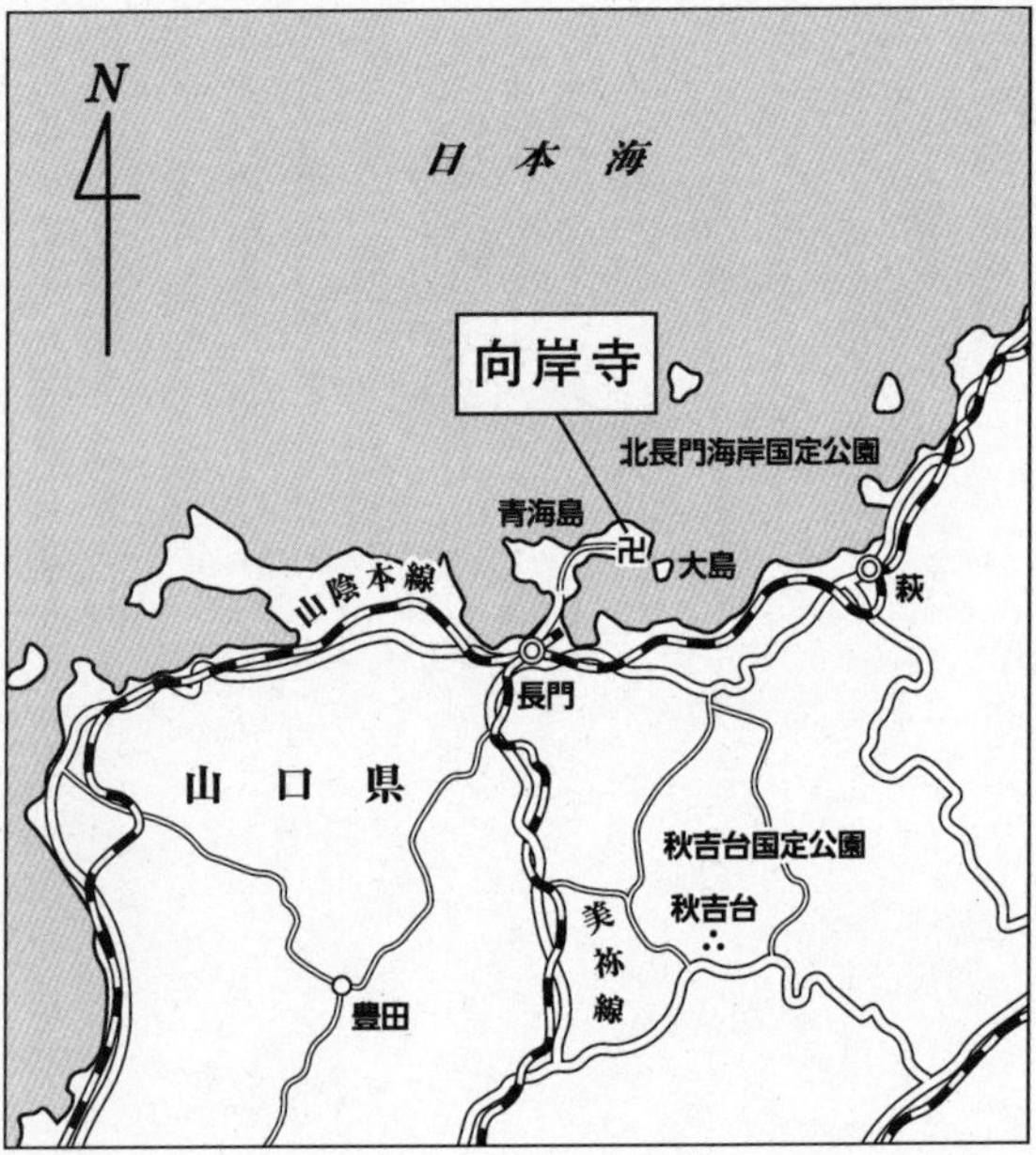
N
日本海
向岸寺
北長門海岸国定公園
青海島
大島
萩
山陰本線
長門
山口県
秋吉台国定公園
秋吉台
美祢線
豊田

くじらの墓がある村

「鯨の墓があるそうじゃ」

と、手毬《てまり》ばあさんが教えてくれた。

「まさか」

と、私は笑った。

すると、手毬ばあさんは真顔になって言った。

「本当じゃ。墓ばかりでなく、戒名もある。しかも、お寺には鯨の種類、死亡年月日を記入した過去帳までそろっていると言う」

この信じられないような話は、山口県長門《ながと》市の青海島《おうみじま》の古刹《こさつ》、向岸寺のことである。

青海島の通《かよい》部落では、むかしから鯨捕りが盛んだったが、まだ捕鯨砲のなかった時代には、海中を血で染めて、凄惨《せいさん》な人と鯨の殺しあいが行なわれた。

そして、ようやく捕えられた鯨が浜に打ちあげられ、解体されるとき、母鯨の腹の中から、胎児の鯨が出てくることがあった。たとえ、鯨であっても、生まれる前に殺

されるのはむごいことだと、漁師たちも、胎児を見るたび顔をそむけたが、最初に、

「回向《えこう》してやろう」

と思い立ったのは、讃誉という人である。

延宝《えんぽう》七年というから、今からおよそ三百年前、向岸寺の五世住職だった讃誉上人は、部落の人人に頼んで、鯨の胎児を寺に運ばせ、一体ずつ菰《こも》にくるんで埋葬し、墓を立てて回向してやったのだ。そんな話をきいているうちに、私の脳裡《のうり》には、どんよりと曇った山陰地方に浮かぶ、一つの島がイメージされてきた。

そして、鯨の胎児を埋める墓掘り人や、悪魔の手毬唄をうたう童女、鯨の死亡年月日を記入された過去帳らにかさなって、少年時代にきいた、あの「和讃」の節まわしが、どこからとなく、きこえてくるのだった。

コレハ此世《コノヨ》ノ事《コト》ナラズ、死出《シデ》ノ山路《ヤマジ》ノ裾野《スソノ》ナル、賽《サイ》ノ河原《カワラ》ノ物語《モノガタリ》。十《トオ》ニモ足《タ》ラヌ幼《オサナ》児《ゴ》ガ、賽《サイ》ノ河原《カワラ》ニ集《アツ》マリテ、峰《ミネ》ノ嵐《アラシ》ノ、音《オト》スレバ、父《チチ》カト思《オモ》イヨジノボリ、谷《タニ》ノ流《ナガレ》ヲ、聞《キ》クトキハ、母《ハハ》カト思《オモ》イ馳《ハ》セクダリ、手足《テアシ》ハ血潮《チシオ》ニ、染《シ》ミナガラ、河原《カワラ》ノ石《イシ》ヲ、取《ト》リ集《アツ》メ、コレニテ回向《エコウ》ノ塔《トウ》ヲ積《ツ》ム。一《ヒト》ツ積《ツ》ンデハ父《チチ》ノタメ、二《フタ》ツ積《ツ》ンデハ母《ハハ》ノタメ、兄弟《キョウダイ》ワガ身《ミ》ト回向《エコウ》シテ、昼《ヒル》ハ一人《ヒトリ》デ遊《アソ》ベドモ、日《ヒ》モ没合《イリアイ》ノ、ソノ頃《コロ》ニ、地獄《ジゴク》ノ鬼《オニ》ガ、アラワレテ、積《ツ》ミタル塔《トウ》ヲ、押《オ》シクズス。

思えば、鯨の胎児は、哺乳《ほにゅう》動物だから、どこか人間に似ていたことだろう。それが、目の前で母を殺され、自分は生きたまま、埋葬され、回向されたのだ。

この村には、一度は訪れてみる必要があるだろう。

そう思って、旅仕度をはじめたのは、六月も終りに近くなってからのことであった。

鯨殺し潮吹き地獄

青海島には、いくつかの行き方があるが、私は北九州まで飛行機で飛び、小倉《こくら》から上りの山陰線まわりの特急に乗った。

それが一番近い行き方で、小倉を出て下関《しものせき》に一度停《とま》れば二番目の駅が長門市である。

青海島の向岸寺は、長門市の通《かよい》部落というのが正式の宛名だから、小倉からだと一時間と少しで着くことができることになる。

私は、汽車の中でうとうとしながら、鯨の墓についての勝手な想いをめぐらしていた。鯨は、食われるために殺されて、漁師たちの罪ほろぼしのために供養される。

これはあるいは、たたりを怖《おそ》れる心から出た漁師たちの保身信仰かも知れないし、血で染まる哺乳動物たちへの人間的な同情かも知れない。

しかし、ともかく、昨日も今日も「鯨殺し」はつづけられており、それをわれわれは食べつづけているのだから、死んだ鯨に言わせれば「懺悔《ざんげ》の値打ちもない」ということになるわけだ。

中部地方には馬の死場所を決めておき、そこを馬捨場とかソマステバと名づけて、藁《わら》の鞍《くら》を置く慣わしがある。また、イヌソトバ（犬卒塔婆）というのもあって、難産のために死んだ母犬をとむらっている。

柳田国男の「犬そとばの件」（民間伝承）によると、イヌソトバは二又にわかれた二尺ばかりの木の棒であり、その先端を削って白く塗って供養の文句を書いてあるという。

こうしたものになると、流石《さすが》に「たたり除け」という感じもなくはないが、鯨の場合だとどんなものであろうか？

向岸寺が発行しているパンフレットの「霊簿序文」には、

「彼心、此心混ぜず、離れず倶に徧法界《へんぽうかい》、無障無礙《むげ》なり」

と書いてある。

彼心は鯨の心、此心は人間の心である。二つの心にへだたりはない、というこの序文は、

「一念に回向すれば則ち所として通ぜずということなし」

とつづけられている。このことは、人が鯨を殺して食うことと、鯨が人を殺して食うことが、回向によってむすばれ、ほどかれるという関係を暗示している。方便でないとすれば、これはカニバリスム（人肉食）をも許容するということを暗示しており、われわれの業の深さをあらわしていることの証左になるだろう。

パゾリーニの映画の主人公は、

「父を殺して、その肉を食った」

と群衆に向って叫びつづけたし、アンデスの山中で遭難したウルグアイの若者たちは、

「友人の肉を食うほかに生きるすべを持たなかった」

と言って、彼らの霊のために祈った。こうした、「食う」と「食われる」との関係は、私にますます多くの謎《なぞ》をかけてくる。なぜなら、鯨をただの食用動物としてではなく、一つの命として、擬人《ぎじん》化したときに、「罪」もまた生まれるものだからだ。命として扱わなければ、罪も罰も持たずに済んだものを、なまじ「彼心、此心混ぜず」と言ったばかりに、ことの怖ろしさは、すみずみまでゆきわたることになる。そして、回向し、供養しながら殺しつづけ、食いつづけることは、霊に向って何と言って弁明すればいいというのか？「安らかにお眠り下さい、あやまちは二度とくり返しませんから」と言うことができぬ漁村事情と、南無阿弥陀仏《なむあみだぶつ》と誦《とな》えつづける宗教感情との

あいだに引き裂かれながら、船はまた沖をめざして出漁してゆくのだろうか？

「向岸寺略縁起」を読みながら、私は駅前食堂の親父と話していた。

「鯨の墓を立てることが、捕えた鯨の冥福《めいふく》をいのるやさしい愛の表現だというが、ほんとだろうかね」

「そりゃ、ほんとだとも」

と親父は言った。

「鯨回向法要は、延宝七年から一度も休むことなく毎年つづけられてるんだ。こんなことしてるのは、全国広しといえど、ここだけだ」と。

だが、と私は思った。「わからぬことが一つある」のだ。それは、「向岸寺略縁起」に載っている挿話である。


古老の話によると殿村と云う資産家の鯨組の親方の夢に「明日は子鯨を連れてこの沖を通るがどうぞ子鯨だけは捕えぬ様見逃がしてくれ、併し帰り道には鯨夫婦がお前の網にかかる故頼む」と。けれども不漁つづきの殿村は之を「ハザシ」や乗組に言わず、翌日親子三頭の鯨を取ったが、その家は間もなく衰運に到り遂に子孫は絶えてしまったとか。

「どうして夫婦鯨は殺してもよいが、子鯨はだめなのだろう？」

と私が言うと、親父は「かわいそうだからだよ」と言った。思えば、一六七九年にはじめて鯨供養した動機も、墓を立てた動機も、「母鯨を殺したら、中から出てきた胎児鯨がいて、それがあまりにかわいそうだったから」ということになっている。

しかし、まだ生まれる前の胎児を殺すよりは、いま生きているものを殺す方が、はるかに「かわいそう」だと考えるのが常識である。子供がかわいそう、と考えるのは感傷に訴えて人を動かす力にはなるが、「命」の価値を年齢で差別することであるから、望ましいことではない。

「ほんとは『かわいそう』というより、『勿体《もったい》ない』ということじゃないのかい？」

と私は言った。

「親鯨は、食べ頃だが、子鯨を子鯨のままで獲《と》ってしまうと値も安いし、食うところも少ない。

放しておいて、もう少し大きくしてから殺した方がいいのだが、漁師たちが功を焦《あせ》って、子鯨でもアミにかかりさえすれば獲ってしまう。

そこで、子鯨を獲らないようにするために、感傷に訴える方法を用いてきたのではないだろうか？」

そう言うと親父は怒り出して、

「そりゃ、檀那《だんな》。いくら何でも、ひねくれすぎですよ」

と言うのであった。

くじら過去帳しらべ

青海島《おうみじま》へ着いたのは、昼すぎであった。

まぶしい陽ざしの中で、漁家の戸があけっ放しになっており、昼寝している母子もときどき見えた。

広げてある漁網、そして窓に洗濯《せんたく》物のようにならべて干してあるスルメイカ。電信柱に貼《は》ってある殺人犯の指名手配書。浜の砂の上にはニボシが、畳何畳分にもひろげられて、干してあり、もうすっかり夏の気配なのだ。

人たちは皆、どこへ行ったのだろう。がらんとした路地の駄菓子屋には、埃《ほこり》がたまっていて、呼んでも誰《だれ》も出て来なかった。ときどき、私の顔のまわりを虻《あぶ》がよぎってゆき、油をながしたような湾が、のたり、のたりと波打っていた。

セミが灼《や》けつくように啼《な》く、日なたぼこりの中を二キロほど歩き、左へ折れて石段をのぼってゆくと、山門があって浄土宗《じょうどしゅう》向岸寺と書いてある。私は、長門市役所の観光課の山近さんに、ここを教えてもらった。

中へ入ってゆくと、向岸寺住職の綿野さんが待っていてくれた。綿野さんは「向岸寺略縁起」の筆者であり、青海島だけではなく長門市の社会福祉関係の仕事から、子供たちの「習字の先生」としてまで、ひろく知られている「名士」である。

私たちは、早速、「鯨の命」についての話に入った。住職は言った。

「わたしたちは、魚を食べると言いますが、それは魚の命をつぎ足している、ということになるんですよ。

つまり、野菜でも、鯨でも、みな、命の終ったところからわたしたちがそれを引継ぐ。命は、どこまでもくりかえされてゆく、と、いうことになる訳です」

「瀬戸内海には、燈台が少ない。燈台が必要だとわかっていても、それを作らずに、暗礁《あんしょう》をそのままにしておく。そして、そこを通りがかった船が暗礁にのりあげるのを待っている人たちがおった。

そして、船がのりあげたら、助けに行って彼らの漁獲物を半分奪って、それを正月のモチ米代にするので、地元じゃ〈モチ米瀬〉と呼んでいた。青海島の人たちは、こうした非業《ひごう》は、やりません。青海島の人たちは、皆やさしい人ばかりでしてね、人を滅ぼして魚をとるのではなく、人を助けて魚をとるものだと思っておるのです」

住職の話のなかで、興味深いのは「命のつぎたし」という発想であった。私たちが、魚を食うのは、魚の命をわれわれの生命の中に包含し、その分だけ絶対生命を引きのばすのだ、ということは、凡《おそ》らく西欧人には理解できないだろう。だが、そこには「食う」ということへの仏教化された解釈がまぎれもなく存在していて、なるほどと思わせるものがあるのだ。

問題は、「食う」ために「殺す」ということであるが、それもまた小説の主人公のように、

——お母さん、復活の前には必ず死があるんだね。

と言えば、事足りるのであろうか？

私は子供の頃、世の中の生命の絶対量は一定だと思っていた。だから、誰か一人が生まれるためには、どこかで、誰かが死ななければならない。私が生まれたときにも、きっとどこかで誰かが死んだ筈であって、私はその人の生命を引継いだにすぎないのだ。

その人は、たぶん、私と同じような性格で、同じような血の色をしているだろう。その人に「逢《あ》いたい」とも思った。すると、船乗りだの刺青師だの薬売りだの、腹話術師だの、と、さまざまの人が思い浮かんだ。だが、私はその人に永遠に逢うことができないのであり、私のあと、私の生命を引継ぐ人にも逢うことはできないのである。

どこかで、子供が産まれかけ、母親が苦しんでいる。そんなとき、見知らぬ町で殺人がおこる。殺人が未遂で終ると、腹の中の赤児が流れる。「殺す」のは「生むし」の

反語ではなく、同義語なのだ。

だから、私は産婆が好きではなかった。

月夜に産婆を見かけると、どこかで必ず人が死ななければならぬ、と思ったからである。

いま、住職と話をしていると、なぜかそのことが思い出されてくるのだった。

住職は、一つの挿話を話してくれた。

「これも、六、七年前に死んだ人ですが、村に若松という人がおりました。

若松のおじいさんが、ある日、いつものように漁具を持って出かけたんですが、なぜか、その日に限ってムシロを一枚持っておりましてね、それをきくと、おじいさんは『いまにわかる』と言うわけです。ハコメガネをこう、かけて、潜水して魚をとるんですが、その日は、いつもの何倍もタイやタコやアワビがとれまして、あっというまに魚籠《びく》一杯になってしまった。

それを一通りしまいこんでから、おじいさんは、岩の上にムシロをひろげて、

『一寸《ちょっと》待っててくれ』

と言って、また潜っていったところ、岩のかげに男の溺死体《できしたい》があった。おじいさんは、それを抱きかかえるようにして引き上げてムシロに包んだわけです。そして、言

うことには、

『儂《わし》は、ゆうべ奇《あや》しい夢を見た。顔も知らない水死人が、夢の中でしきりに儂を手招きしておってな、そばへいくと、〈船が難破して溺死したんだが、髪が岩にからんで、浮かびあがることができない。それで、何とか、助けてほしい。もし、助け上げてくれたら、お礼に大漁にしてやろう〉と言っている』

そこで、ハッとして目を覚まし、夢の中に出て来たあたりを思い起して、漁にやってきた。ムシロは、むろん、死体を包んで帰るためだった。

それから、おじいさんはこの身許不明の死体を自分の先祖としてまつることにし、法山得聞信士

という戒名までつけてやった。おかげで、若松さんところは、ずっと漁があり、貧乏したことがないんですよ」

この村では、溺死体があがると大漁になる、という言い伝えがある、という。そして、ここでも人の死を、魚たちが「生命のつぎたし」をして、ふえるのだと思われているというから、ますますもって、「彼心、此心混ぜず」ということになるのだろう。

エイハブ船長の敵

少年時代、私はメルヴィルの「白鯨」を愛読していた。

その中の主人公エイハブ船長は、鯨に片足を食いちぎられながら、生涯《しょうがい》をかけて鯨への復讐《ふくしゅう》をはたそうとする。エイハブ船長の敵だった鯨は、マッコウ鯨であり、その巨大さはほとんど怪物とよぶにふさわしいものであった。

「もっとも雄偉な象といえども、巨鯨の前ではテリヤ犬のようなものであり、その鼻は百合の花茎ほどのものでしかない。

畳々たる抹香の尾が、おそるべき万雷の粉砕力をふるって一打また一撃と、つぎつぎにボートとオールと乗組員とを、まるでインドの手品師が球を弄ぶように空中にはね飛ばす、それに比べれば、もっともすさまじい象の打撃など、口説の扇でたたかれたほどのものだ」（『白鯨』第八十六章）

私は、まだ見ぬ鯨にあこがれ、同時に捕鯨船にあこがれた。ハーマン・メルヴィルは「捕鯨船はわたしのエール大学であり、ハーバード大学であった」と書いたが、私は生涯の敵を持てることこそ男のしあわせというものではないか、と思ったものだ。

鯨は、ほとんど実在というよりは比喩《ひゆ》として私たちをひきつけ、エイハブ船長は悲しいアメリカ人として、私をとらえた。

エイハブ船長がアメリカの野望で、モービー・ディック（白鯨）がベトナム戦争である、といった政治化から、開拓者精神の最後の叙事詩という文学化まで、鯨はさまざまの解釈を生み出して止まなかった。

神、巨いなる鯨を創りたまう「創世記」

ということばに始まる「鯨学」は、やがて、鯨を手に負えぬものの代名詞にと変えていった。

「まさに鯨のごとしだ！」というハムレットの台詞や、サー・T・ブラウンの「迷信論」における「かの博学のホスマヌスさえも、その三十年の労作中で、はっきりと、マッコウクジラは〈何物たるかを知らずとなん〉といっておる」という紹介の仕方を経て、エドマンド・パークの「スペイン――そはヨーロッパの岸べに打ちあげられたる巨鯨」といった比喩にいたっているのである。

こうした、鯨に関する文献資料は、メルヴィルの「白鯨」のプロローグにくわしいが、メルヴィルはしめくくりとして、

力こそ正義の場での
力の巨人よ
涯て知らぬ海原の王者よ

と、鯨を讃えている。

おそらく、メルヴィルの影響のせいもあって、私は「鯨」ときくたびに、加害者のイメージ、手に負えぬもののイメージを思い浮かべてきたが、青海島の鯨に関する風習は、それを大きく裏切るものであった。

ここでは、鯨は被害者、屠《ほふ》られたる者、食われる者として扱われているからだ。おそらく、われわれの時代のロマンチシズムの喪失は、一人のエイハブ船長の不在によるものではなく、十四のマッコウクジラの不在によるものなのかも知れない。無論、鯨そのものがいないのではない。脳解剖学者で、鯨の権威者でもある小川鼎三は、メルヴィルのモービー・ディック（マッコウクジラ）よりも、はるかに大きい鯨がいることを挙げている。それはシロナガスやナガスクジラであり、ときとしては九十フィート以上の体長のものがあるという。

マッコウクジラは、もっとも大きくても六十五フィート位であるから、一・五倍以上もシロナガスの方が大きいのだが、これらがエイハブ船長の対象にならなかったのは、もっぱら捕鯨法の問題だったろう、といわれている。

南氷洋その他で、ノルウェー式捕鯨法でとられるナガスやシロナガスは、エイハブ船長時代の、手銛《てもり》を投げる方法ではつかまえることなどできなかったからだ。ナガスやシロナガスは死ぬと海中に沈み、重く大きいので引き上げることができなかったため、その存在も知られることがなかった、という訳だ。

ところが、マッコウは死ぬと浮かんで全貌《ぜんぼう》を見せる。しかも、肝臓は荷車二台分もあり、「心臓への一撃で、十ないし十五ガロンの血潮がおどろくべき勢いで吹き出す」(ジョン・ハンタ「鯨解剖記」)というのだから、すさまじい。クジラが、反世界の喩《たとえ》として存在し、エイハブ船長の生涯の野望たり得たのは、手銛を投げて鯨と戦った時代の、男の夢であり、ノルウェー式捕鯨法時代以降では、もはや、ただの漁業の一つになってしまった、ということなのだろう。

「私たちの時代は、すばらしい捕鯨法を発見した」というよりも、「私たちの時代は、怪物クジラを失ってしまった」という方が当っているとしたら、何ともさびしい時代に入ってしまったものだ。「日本の鯨」に関する記事の中で、もっとも古いものが文《ぶん》政《せい》六年(一八二三年)、南支那《みなみしな》海にてシーボルトが発見したもの、及び、それによって高野長英、岡研介、石井宗謀らが研究をはじめたもの、となっているから、それより一五〇〇年も前から鯨を回向し、過去帳を作っていた向岸寺は、文字通り、わが国で最初に鯨についての記述をした寺ということになる。シーボルトの文章は、小川鼎三によって次のように訳されている。

余ノ門人長英ハ鯨研究ノタメ、平戸、壱岐、対馬ニ派遣サレタガ、壱岐ニオイテハ、シバシバ一日ニ七ナイシ十頭ノ鯨ガ得ラレルノヲ見タト証言シタ。種類ハザトウ、ナガス、及ビセビ。セビハ最モ多シ。コレハ一八二八年一月ノコトデアル。壱岐ニオイテハ勝本オヨビ壱岐瀬戸ガ二ツノ主ナ捕鯨地デアル。漁夫ガ使ウ網ハ十八丈、スナワチ三十八メートルノ深サガアリ、長サハシバシバ三百メートルデアル。捕鯨ハ十二月ヨリ四月マデツヅク。潮ノ満干ハ、大キイ鯨ノセイト云ハレル。

(Vermischte Nachrichten und Bemerkungen)

最後の「潮ノ満干ハ、大キイ鯨ノセイト云ハレル」というところが、「地震は、地底の大なまずのせいだ」という俗信に通じていて、面白かった。

南無阿弥陀仏　業尽有情

青海島の向岸寺の別院、観音堂にある「鯨の墓」は、高さ七尺余りのものである。花崗岩《かこうがん》製だというが、もう古くなってしまって、欠けている部分もある。

墓の裏には、「南無阿弥陀仏　業尽有情　雖放不生　故宿人天　得証仏果」と墓碑銘が彫ってあり、それを住職に解説してもらうと、

「鯨としての生命は母鯨とともに終ったが、われわれの目的はおまえたち胎児を捕ることではなかった。むしろ、海へ放してやりたい位なのだが、ひろい海へ独りで放たれても、とても生きてはいけないだろう。どうぞ、憐《あわ》れな鯨の子等よ、われわれ人間と共に人間の世界の慣習によって念仏回向の功徳を受け、諸行無常の諦観《ていかん》というか、悟りを得てくれるように、お願いする」

ということになるのだそうだ。

こうしてみると、鯨の墓の主眼は鯨の胎児にあったらしい。私の予想では、鯨の墓はもっと壮大で叙事詩的なものだと思っていたのだが、この墓は小高いところにあって、海に向いて建った、きわめて抒情的なものであった。

私は、向岸寺の本堂で、住職に鯨の回向《えこう》についての話をきいていた。

「これですよ」

と、住職は大切そうに風呂敷《ふろしき》包みから過去帳をとり出してみせてくれた。

それには、捕獲された日を命日として、鯨のすべてに与えた戒名と、種類、死亡年月日が記入してあった。

たとえば、

廓然大悟という戒名がある。種類はノソ、天保六年十月に殺されたクジラである。

大きいところでは、

西誉鯨岸　文化十酉《とり》之十二月　ザトウクジラで、親が七ヒロ（十四メートル）、胎児が八百目（匁）というのもある。
戒名は、それぞれもっともらしく、
了誉妙観（クロノソ）　演誉説苦
英信大雄（セミ）　雄翁麗光（ザトウ）
広岳酔道
鯨誉大音
などと書かれてあり、墨も古び、紙も大分いたんでいるのが、歴史の古さを物語っている。
「島の人たちは、大漁があると必ず、魚の回向をしてもらいにやってきますよ」
と、住職は封筒のいくつかをとり出してみせてくれた。
表には、魚鱗之群霊　宏誉法船善士　と書いてあり、差し出し人は安森利平、とある。
「数が多いときは、一匹ずつ法要するわけにもいかんので、こうしてまとめて〈群霊〉となる訳です」
と住職は言った。
「その隣に書いてある、宏誉法船善士というのは何ですか？」

ときくと、

「これは、安森さんの先祖の方の戒名ですよ」

と住職は補足した。「つまり、先祖の霊と魚の霊とを、同じに扱っている、というところがこの島の人たちの特色だと思うのです」

そのことは一体、何を意味するのだろうか？

と私は思った。

「死ぬ」という現象と、「殺す」という行為とのあいだには、大西洋ほどのへだたりがある。漁師たちは魚鯨を「殺す」が、先祖を「殺す」訳ではない。先祖たちの死は、避けがたくして起った悲劇であり、魚鯨の死は、ほとんど偶然的な出来事である。だが、その前提に魚鯨を殺さなければ、自分たちが生きられなかった時代の漁村の貧しさがあったのだ、と思えば漁師たちの苦悩もわからぬではない。

初期の捕鯨の技術が、効果的に鯨を殺すためのものであるよりは、むしろ鯨と漁師との、お互いの死を賭《か》けた「戦い」だったことを思えば、更にそのことの説明はつけやすい。それは、生きるという罪深い業に殉じた、仲間討ちの記録だったとも言えるからだ。

「わしの過ぎた生涯における荒い大波よ、すべて涯なきかなたから、ふたたび打ち寄せてきて、この高々としたわしの死の波頭を、さらに盛りあがらせよ！　きさま、破壊力をふるうが征服の力なき鯨よ、わしはきさまめがけておどりかかり、きさまとつかみ合い、地獄のただなかから突き刺し、ただ憎しみから最後の一息をたたきつけるぞ。あらゆる棺桶も棺台も一つの大きな水たまりに沈めるがよい。だが、わしはそんなものに用はない。呪われた鯨め、わしはきさまに縛りつけられたまま、きさまを追跡し、そして粉々に打ち砕けるのだ。

さあ、この槍をくらえ！」

これが、エイハブ船長の最後の言葉である。エイハブは銛《もり》を投げ、そして鯨は疾飛する。索の輪を首に巻きつけられ、「トルコの唖《おし》が犠牲者を絞首するように」彼は海中に沈みながら、鯨と共に永遠の旅に立つ。

「白鯨」におけるエイハブ船長と巨鯨との葛藤《かっとう》は、死を共有することによって「偉大なもの」の中における同一化を実現する。葬うことができるのは、死を共有した者の特権であり、戦士同士の至福である。一つのリングの上で血を流しあったボクサーの、勝者が敗者の肩に手を置くときのいたわりの心が「回向」であり「法要」であるというのならば、わかる。

巨大なコンフォーミズムと大量殺戮《さつりく》の文明の中で、自己正当化の迷路に入りこみ、なつかしいエイハブ船長の読者室への帰り道を見失ってしまった子供たちよ。

悪い料理人の手で、一ばん親しい友人の肉を「食べさせられる」前に、お祈りのための手の血を洗い落し、海に向く窓に、航海安全のためのてるてる坊主をぶらさげたまえ。

南無阿弥陀仏、業尽有情。

きりすと和讃

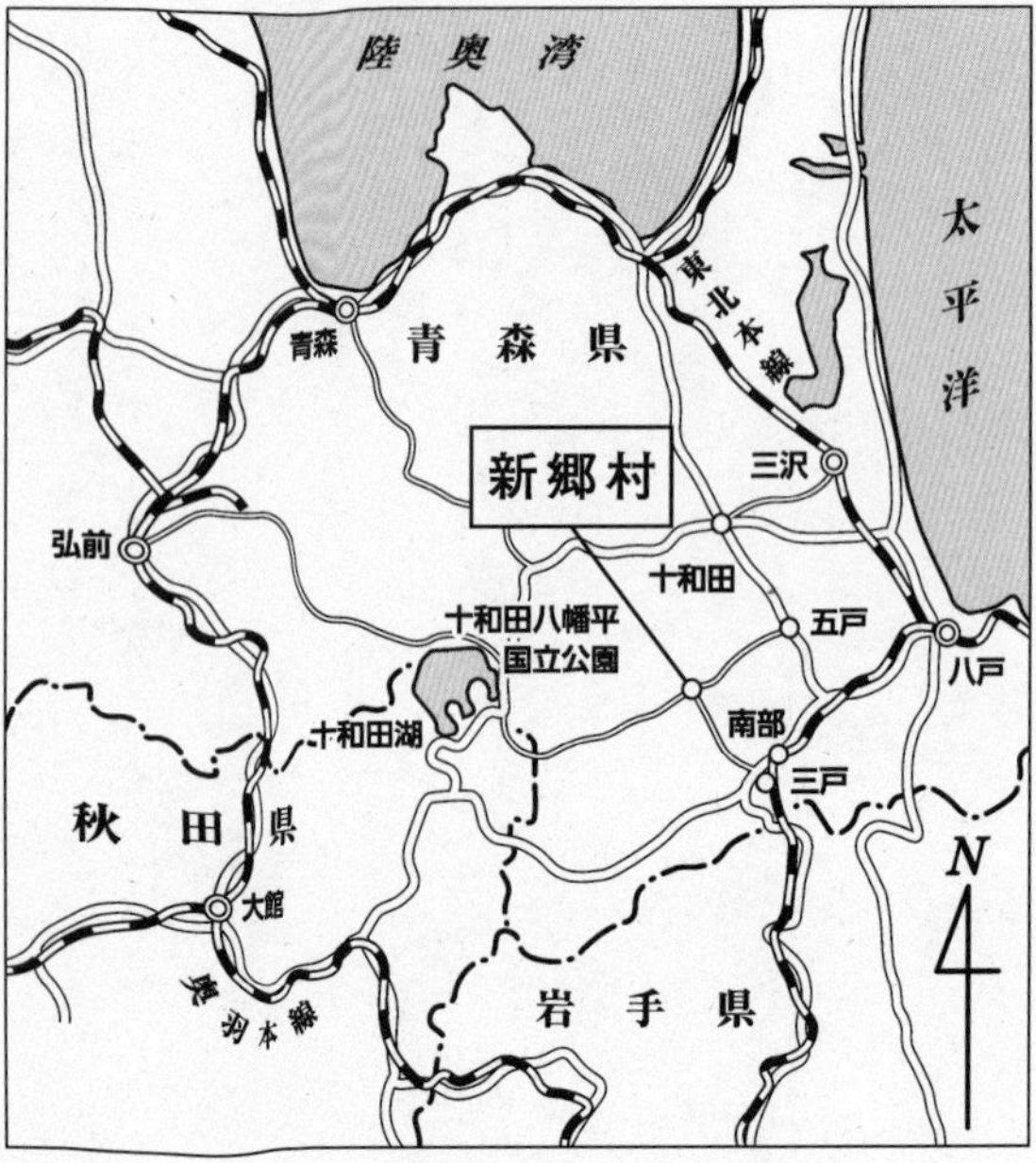
陸奥湾
太平洋
青森
青森県
東北本線
三沢
新郷村
弘前
十和田
五戸
十和田八幡平
国立公園
八戸
十和田湖
南部
三戸
秋田県
大館
奥羽本線
岩手県
N

イエス・キリストが青森で死んだ、と聞いたときには、びっくりしてしまった。

私たちの知識ではキリストはユダヤ教の一派であるパリサイ人の戒律主義と偽善を批判したため訴えられ、ゴルゴダの丘で十字架にかけられて刑死した、というのが常識だったからである。

——時は満ちた。神の国は近づいた。悔い改めて福音を信ぜよ。

と言ってイスラエル国内を伝道してまわった神の子のイエスが、ところもあろうに私の故郷の青森県の、馬産地の五戸《ごのへ》から更に草深い新郷村へやって来て死んだというのは、あまりにも奇想天外すぎる話だからである。

だが、と私は思った。

こうした突飛な伝説には必ず、何か謎《なぞ》めいた裏話がある筈《はず》だ。梶井基次郎が「桜の樹の下には死体が埋めてある」と言ったように、花やかなイエス渡来の話の下にも、何か陰惨な因縁話でも秘められているかも知れないではないか。

ソムクトシヌルゾと書いてある奇書

キリストの墓は、三戸《さんのへ》郡新郷村（もとの戸来《へらい》村）にあった。八戸《はちのへ》駅から五戸へ出て、そこから車を拾ってほぼ三十分ばかりのところが、村の入口である。

沢口バス停留所の右側の坂を登ってゆくと、草のしげみの中に二つの塚があり、一つがキリストの墓、もう一つがキリストの弟のイスキリと、キリストの母のマリアの墓となっているのだ。

だが、そのあたりはまるで新開地のように拓《ひら》かれているし、白い墓標も、そんなに古びたものではない。

イエス・キリストが生きたのは、紀元前四年―三〇年頃とされているが、この村に二千年もの歴史があるとは、とても思えないのである。私は、今や「伝説」の虚実よりも、一体何者によって、こうしたことが言いふらされるようになったのかの方に興味が湧《わ》いてきた。伝説は、言ってみれば「噂《うわさ》の神話学」とでも言ったものなのだろうか、それとも意図的に何者かによって企《たく》らまれたものなのだろうか？

村役場を訪ねると、小坂さんという人が古文書を取り出して見せてくれた。

「事の起りは、これなのです」

と小坂さんは言った。

「昭和十年に茨城県の磯原町の武内臣麿（武内宿禰《たけのうちすくね》の末裔《まつえい》）さんが、蔵の中から、この古文書を発見したのですよ」

埃《ほこり》にまみれた一巻の古文書の複製が取り出されて、私の前にひろげられた。役場は、暑さで死んだようにしずまり返り、人声もしなかった。

ただ、窓の外で啼くセミの声だけが、醒《さ》めていた。古文書には「磯原棟梁皇祖皇太神宮神主家武内宿禰正孫六十六代武内臣麿氏秘蔵ノ古文書ノ一部」とあり、

クリスマス神八戸太郎大天狗神由来

と、なっている。

それによると、三十三歳でゴルゴダの丘で十字架にかけられて死んだのは、実はキリストの「身代り」の、弟のイスキリだった、という真相暴露にはじまり、ほんもののキリストは、パリサイ人やローマ総督ピラトの追求を逃がれて青森県にやって来、そこに住みついて結婚し、百六歳で死んだのだ、ということになっていた。

武内さんは、この古文書を発見したとき、まったく信じることができなかった。しかし、青森までやってきて見ると、戸来村には古文書にしめす通りの二つの塚があっ

たので、「事の重大さ」に目がさめた、というのである。三年後の昭和十三年には古代文学研究会の考古学者グループが「キリストの遺言状」を発見し、さらに地質学者の山根キクさんが「光は東方より」「キリストは日本に来て死んでいる」という書物を著した。はじめ無関心だった地元の人たちも、次第にこの伝説に注目するようになりはじめ、いつのまにか戸来村は世界中のキリスト教信者たちのあいだの注目の土地になったのであった。

がらんとした村役場。法医学。桜の木。窓の下に捨ててある斧《おの》。荒涼とした北国の曇天。

小坂さんは、眼鏡を光らせて、重大事件のように、話してくれた。

「こうした話は、大抵、地元でデッチあげることが多いんです。観光の材料にもなるし、自分とこの土地にもハクがつきますからね。しかし、キリストがここで死んだという話に限っては、他所の人たちが持って来た。地元の人たちはむしろ否定的だったんです」

それから、小坂さんは私に茶をすすめてくれた。にがい茶だった。

「大体、この村にはキリスト教の信者なんて、一人もいないのですよ」

役場から、宿まで帰る途中は、草深い道だった。

下手《へた》な字で、キリストの発見した野沢《のざわ》温泉、という看板が立っていた。十和田《とわだ》精神病院、という広告もあった。

人っ子一人通らない道を歩きながら、私は小坂さんの言葉を、いろいろ反芻《はんすう》していた。古文書も不思議なものだったが、墓地の案内板の文字も異様なものであった。

「ソムクトシヌルゾ、カミヌシニソムクナヨ　ナンヂガメテイルゾ」というのである。

これを二、三度、呪文《じゅもん》のように繰返してみた。「ソムクトシヌルゾ、カミヌシニソムクナヨ　ナンヂガメテイルゾ　ソムクトシヌルゾ、カミヌシニソムクナヨ　ナンヂガメテイルゾ」

屋根の上では、鴉《からす》が啼いていた。

東北弁はヘブライ語

宿へ帰った私は、この伝説を私なりに推理してみようと思い、古文書の中の「事実」を整理してみた。まず最初にキリストは二十一歳で来日し、三十三歳までの十二年間を青森ですごして、修業したということになっている。

それから、日本を去ってローマ帝国領のモナコを経てユダヤへ帰り、伝道をはじめた。やがて、彼のパリサイ人批判とユダヤ教の退廃を説く伝道活動に腹を立てたユダヤ教徒やパリサイ人の学者たちは、ローマ兵たちの手によってキリストを捕えさせ、十字架にかけて、処刑にしようとした。しかし、実際には弟のイスキリが身代りとなって、死んだ。三日後に、姿をあらわしたほんもののキリストを見て、人々は「キリストが復活した」と言ったが、実はキリストは死んでいなかったのだから、「復活」は奇蹟《きせき》でも何でもなかったのだ。

それからキリストは、パレスチナを逃がれて船出し、四年間漂流した末、(つまり、処刑から四年後の二月二十六日に)八戸市鞍の港に上陸し、日本名を十来太郎大天空と名乗った。イエス・キリストの住所は三戸郡新郷村戸来《へらい》、ミユ子という二十歳の津《つ》軽《がる》娘と結婚し、景行《けいこう》天皇の十一年四月、百六歳で没した、という。こうしたことを裏付けるために、いくつかの証拠がある。

㈠戸来という土地名は、ヘブライが語りつがれてゆくうちに変ったものだ、という説。

㈡この地方では、生後一か月の赤児のおでこに十字を描く奇習があるが、これはキリスト伝道のしるしを伝えたものである。

㈢沢口のバス停留所の左にある「沢口家」の家紋は、ダビデの星と同じ印であった。

㈣キリストの伝記の中でも、青森に来ていた二十一歳から三十三歳までの事跡があきらかにされていない。つまり、キリストには、この時代のアリバイがないのだ。

こうしたことは、一つずつを採《と》ってみると大したことではないのだが、積み重ねてゆくと一つの蓋然性《がいぜん》にはなるだろう。キリストが住んでいたという野月館趾からは、その昔、異人が使ったと思われる石器などが発掘され、またこの土地の盆踊り歌は、ヘブライ語でキリストを称える歌詞の訛《なま》ったものだ、という史家の考証もあるのである。私は、「青森のイエス」の問題は、軽々しく否定するべきではない、と思った。

だが、それにしても、事はあまりにも重大すぎる。第一、これが事実だとしたら、西暦は書き改められ、歴史は虚構化し、ものの価値観だって顚倒《てんとう》してしまうかも知れないではないか。

私は宿屋の下駄《げた》を突っかけて外へ出た。

このあたり一帯は、迷ケ平と呼ばれる秘境をかかえている。山のかたちは、花札の坊主のように、くっきりとした半円である。イエス・キリストは、ほんとに青森にやってきたのだろうか？　もし、ほんとに来たのだとしたら、何のためにこんな土地を選んで、定住したのだろうか？　宿へ帰ると、夕食ができていた。

宿の主人にキリスト渡来をどう思うか、ときくと、主人は「事実だと思う」と答えた。「東京の山根キク先生が、そのことを学問的に立証した」というのである。山根キク女史は、武内家古文書を根拠に、昭和十二年に「光は東方より」を著し、昭和三十三年には再び、「キリストは日本に来て死んでいる」を著わした。

その後記には「武内古文献にはキリストの系図と、キリストが日本に渡来した事実、キリスト自ら作り彼自らの手に依って刻まれているキリスト文字、そうして数多いキリストの事跡が明瞭《めいりょう》に記されている。私はこの研究によってキリスト教の横浜神学校卒業以来、不可解であった『キリストの神姿』にふれることができた。そうして文献に記されたキリストの足跡をたどって実地調査することに依って、確信を深め、その成果をまとめたものが本書である」

山根キク女史は更に、インドのヴィスワ、バハラチ大学のエワミ、サンカラナンダ教授の研究を紹介している。それによると、キリストと釈迦《しゃか》とは同一人物であって、西欧諸国では釈迦はキリストという名で呼ばれていたのだそうだが、山根女史はそれを否定し、共通していることは、両聖人共に系図を辿《たど》ると日本の皇族の子孫だということだけだ、としているのであった。

宿屋の主人は、三年前に奥さんに逃げられたとかで、今はやもめ暮し。二人の女中が、きりもりしているので、暇と孤独から私の推理のために、いろいろと便宜をはかってくれた。

その一つに十和田高原開発協会発行の「太古の神都　十和田高原」という奇書の入手があった。めくってみると、最初が、

「東北民謡ヘブライ語説」

となっていた。

少年時代に、私たちが歌った民謡が、実はヘブライ語だった、というのだ。一節を引用してみよう。

「ナウギアド　ヤラヤウ
ナギアドナーサレーデヤサーエ
ナウギアド　ヤラヤウ

このナギアドヤーラ、ヤーウを、ナギャドヤーラ、ヨウとも唄う。青森県の野辺地《のへじ》では『ナギアドヤーラ、ヤー』と唄っている。岩手県二戸《にのへ》郡鳥海村字岩館では『ナギアドヤーラ、ヤーエー』と唄っている。此のヤー、ヨー、ヤーウ、ヤーエーは何れもエホバの御神名である。ユダヤ人はバビロン流囚（西暦紀元前五八六年）の後に、エホバの御名を呼び捨てにすることを畏敬《いけい》して、アドナイと呼び、曳《ひ》いてエホバと呼びまつるようになった。然《しか》るに日本ヘブル詩歌には一つもエホバという発音の神名は出てこない。是れ偶々天孫民族の日本建国はイスラエル亡国以前に属することを物語る」即ち「東北民謡ナギアド、ヤラは今より千四百九十六年以来のヘブル詩歌なることを説明する」というのである。

キリストの死の推理

私の生まれ育った青森には、いろんな「迷信」がある。

「着物の裏を返して着ていると仏さまがおぶさる」とか「陽なたで張りものをすると白子が生まれる」といった類である。人を呪《のろ》うときは「ワラ人形を栗《くり》の木にさかさに縛り、五寸釘《くぎ》を打っておくと相手が早く死ぬ」とか「呪う人の写真の目に針を刺せば、相手も目を病む」とかもある。

だが、呪いの反語である「祝福」については、何の言い伝えも残っていないのである。キリストがいたのなら、もっと明るい伝説の一つや二つ位あってもよいのに、と私は思った。だが、そのことの根拠自体、疑わしいことばかりなのだ。宿屋のランプをつけ、蒲団《ふとん》に腹這《はらば》いになりながら、私は今まで集めた資料をもとに一つずつ推理し、検証してみることにした。

まず、ゴルゴダの丘で十字架にかけられたのが、キリストではなく、キリストの弟だったということについてである。こうした「身代り」の処刑が、ひっそりと人目のないところで行なわれたのならともかく、公衆の前で行なわれたということから判断すると、かなりの疑問が残る。

「イエスはもう一度大声で叫んで、ついに息をひきとられた」(マタイ伝)
「イエスは声高く叫んで言われた。『父よ、わたしの霊をみ手にゆだねます』こう言って息をひきとられた」(ルカ伝)
「イエスはそのぶどう酒を受けて『すべてが終った』と言われ、首をたれて息をひきとられた」(ヨハネ伝)
「イエスは声高く叫んでついに息をひきとられた」(マルコ伝)
もし、処刑されたのがキリストではなく、その弟だったとしたら、彼は声高く叫んで正体がばれるようなことはせず、むしろ黙って身代りを演じつづけたのではあるまいか。にもかかわらず、聖書によると弟子たちは一様に、キリストが叫びながら息をひきとったということを証言している。
しかも、処刑時刻は昼の十二時である。闇《やみ》にまぎれて、顔が見分けがつかなかったというならともかく、衆目の面前で白昼、にせもののキリストがかくし通せるものだろうか？——と、私は怪しんだ。
次に、キリストの再来日の日付であるが、古文書に、「処刑から四年後の二月二十六日」と記されているのは、いくら何でもはっきりしすぎているのではないか、という気がするのだ。
キリストの処刑は、一世紀(三〇年頃)とされており、その頃のわが国は弥生式《やよいしき》文化時代である。倭国《わこく》は百余国に分立し、部落国家がようやく成立しかけたばかりである。仏教の伝来が六世紀（五三八年頃）とされ、その後十年以上たってから医学、易、暦が伝来したという史実を信じるならば、この二千年前の、暦のない弥生式文化の時代に、どうして「二月二十六日」などというはっきりした日付が出てくるのであろうか？

もっとも、と私は思った。

細部は扮飾《ふんしょく》されることもありうるだろう。あとになってから、キリスト来日説のあいまいさを確実なものとしようとした史家が、加筆修正した、ということもありうる。犯罪事件の推理に於いてもそうだが、細部がでたらめだからといって、全体を否定してしまうのは、二流の探偵《たんてい》のやることだ。四年後の二月二十六日来日、ということが嘘《うそ》だとしても、「まだ雪の残っている八戸市鞍の港に、上陸した」ことだけは、事実かも知れないではないか。

だが、八戸市鞍の港に一人のユダヤ人が上陸し、「十来太郎大天空」と名乗ったとしても、それがキリストだったという根拠にはならない。彼はキリストの友人だったかも知れないし、弟子だったかも知れない。あるいは、まったくキリストとは無関係の一信者、ユダヤを追われた人殺し、おたずね者だったかも知れない。

情報の存在しない古代社会で、一人の渡来者がキリストであると名乗ったとしても、その真偽を見分けることなど、誰にできただろうか？

天皇史の空白の謎

当時のわが国では、弥生式土器を使っていた。

しかし、この土器を使った文化は北九州を中心として生まれ、しだいに東の方へとひろがっていったものであり、東北の一ばん奥地にあたる八戸界隈《かいわい》におよんだのは、はるかに後になってからではないかと思われている。このことは、わが国の政治的社会の成立に大きな影響をおよぼした水稲農業についても同じことが言える。北九州から畿内《きない》へかけては人も多く住んでいたかも知れぬが、八戸あたりにはまだ原始林しかなかった、ということだって充分にありうる。

こうした史的状況について考えてみると、渡来したキリストが、「鞍の港」に上陸し、「新郷村戸来のミユ子」という農家の娘と結婚した——という話は、あまりに歴史を急ぎすぎるように思われる。

当時のわが国の先進地は、須玖《すく》（福岡県筑紫郡）、三雲《みくも》（福岡県糸島郡）、井原鑓溝（同）、などであったが、八戸に港が設けられて一つの文化を生成していた、という記録はない。卑弥呼《ひみこ》が、耶馬台《やまたい》国を統一するよりも前に、「新郷村戸来のミユ子がユダヤ人と結婚」し、文字によって記録する習慣も、暦も伝来する前に、十来太郎大天空と名乗った、ということは、あまりにも奇異ではなかろうか？

（当時のわが国で、太郎という名が用いられた、ということも疑われる。これが、もし事実だとしたら、キリストがわが「太郎史」の第一ページにしるされることになることだろう）

ところで、新郷村役場と観光協会の発行したパンフレット「しんごう」によると、べつの事実が出てくるのである。

「キリストが始めて神の国日本に渡来したのは、十一代垂仁《すいにん》天皇の御代で、日本海岸の橋立湊《はしたてみなと》に上陸し、それより越中《えっちゅう》に至って十一年間、言葉や文字などの修業を重ねた。かくて三十三歳の時、修業を了えたキリストは、モナコに上陸してユダヤへ帰り、バプチスマのヨハネや、周囲の人々に神国日本と、神の尊さを説き続けた」「磔刑《たっけい》を脱したキリストは、四年目の二月アラスカから着いた舟に乗り、今の青森県八戸港（貝鞍）に辿《たど》り着いたのである。再渡来のキリストは戸来に安住の地を求めた」

役場発行の公文書の（しかも、最新版に）神の国日本とあるのも愉快だが、これによると、キリストがやって来たのは十一代垂仁天皇の御代、ということになっている。この「十一代」の根拠がきわめて曖昧《あいまい》なものであることは、今では歴史学の常識である。小学生の時に暗記した、神武《じんむ》、綏靖《すいぜい》、安寧《あんねい》、懿徳《いとく》、孝昭《こうしょう》、孝安《こうあん》、孝霊《こうれい》、孝元《こうげん》……

といった天皇群が実在したのか、どうか。「この八代までについては、記紀をひらけば誰でもわかることは、どの天皇にも事績が記されていないことである」（井上光貞「日本の歴史1」中央公論社版）そして、これらの天皇の名は記紀の編纂《へんさん》にあたって（八世紀に入ってから）つけられたものであることも、ほぼ間違いないとされている。「あきらかに神話上の人物である神武天皇のあとの八代は、日本の民族が文字や暦をもつ文明の段階に達したのち、その王名表である帝紀のなかに、架空につくりあげた天皇群ではなかったろうか」（前述同）

さらにそのあとの崇神《すじん》、垂仁《すいにん》、景行《けいこう》の三代の天皇もまた、倭建命や神功《じんぐう》皇后のような神話上の人物によって応神《おうじん》天皇と結ばれているために、実存在が疑わしい、と井上光貞氏は書いている。景行天皇の子が倭建命（ヤマトタケルノミコト）であり、その子の妻が神功皇后だというのが古事記の記述だからである。こうした神話性は、そのあとの実在をほぼ確実視されている崇神《すじん》天皇とのあいだに、系図的に空白をはさんでいる。

もし、キリストの来日が垂仁天皇の代だという古文書を信じるとしたら、この古文書は垂仁天皇を「創作」した記紀以後の伝説であり、存在しなかった垂仁天皇と同じように、あやふやなものだということになる。しかも、応神天皇は三七〇―三九〇年頃に在位したと見られているから（一世代を二十年として、崇神が二七〇―二九〇年頃となり、垂仁は二九〇—三一〇年頃となる。つまり、来日したキリストは、二百九十歳から三百十歳のあいだの老人だったということになる)、考えられぬほどの老人だったということになり、とても「修業を積んでユダヤへ帰り、再来日する」ような体力があったとは思えないのではあるまいか。

死んだキリストとの対話

一体、キリストが青森にやってきたのは、実話なのだろうか、作り話なのだろうか？　事の真偽をたしかめるには、キリスト自身に直接きいてみるのが一番よい。私たちの生まれ育った青森には、恐山《おそれざん》という霊場があって、そこには盲目の巫女《みこ》がおり、冥界《めいかい》と現実とのあいだの会話をとりついでくれる。

「口寄せ」というやつである。

硫黄《いおう》で灼《や》けただれて、一帯が皮膚病のようになった岩山、大鴉《おおがらす》が群れとんでいる不吉な曇天。そこで、子どもたちは小石をつんであそびたわむれる。

一つ積んでは父のため／二つ積んでは母のため／兄弟わが身と回向して／昼はひとりで遊べども／日も入合いの／その頃に

地獄の鬼があらわれて／積みたる塔を／おし崩す

という「地蔵和讃」が唱和され、死者たちは呼び戻されて、地獄から証言をしにやってくる。古い「東奥日報」紙に、死んだ妻の生前の浮気をたしかめようとして巫女《みこ》に「口寄せ」を頼んだ大工が、妻の乗り移った巫女に「浮気しました。ほんとは板前さんの方が好きでした」と告白され、巫女を妻だと思いこんで、首をしめて殺してしまった、という事件が報ぜられたことは前にも書いた。

実際、死者と話ができるのも、青森（わが故郷）ならではのことではあるまいか。

問「あなたはどなたですか」

答「ジューザスクライスト。日本名は天空なり」

問「越中富山《えっちゅうとやま》の赤池皇太神宮に伝わる古文書に、あなた即ちジューザスクライストが日本に渡来した事が誌してありますが、これは真実ですか」

答「然り、真実である」

これは、昭和十一年二月二十日午後六時に、小谷部全一郎博士が、巫女に「口寄せ」してもらって、死んだキリストと直接話しあったときの記録である。

問「あなた即ちジューザスクライストはエルサレムで十字架にかかって死なずに、無事に再び日本の国に帰ってこられたと書いておりますが果して真実でありますか、亦《また》日本の陸奥《むつ》の国八戸《はちのへ》の港に上陸されて、同地の戸来《へらい》で天寿を全うし、日本全国を布教の為に行脚《あんぎや》されたと書いてありますが、之も真実でありますか御教示下さい」

答「皆その通りに相違ない。

弟はわが身代りになって死んだ」

小谷部博士は、更に五月に入ってから「招霊研究会」に於いて、キリストとの会話をつづけている。

問「弟さんは貴師と年齢は違っていましたろうに、敵はどうして見あやまったものですか？」

答「弟は吾《われ》と三つ違いでよく似ていた」

問「三つ違いとは何の事ですか？」

答「三つ――三時間違いで吾と弟は双子で三時間の後に弟は生まれたものである」

問「貴師には、肉体の父はありましたか、その名は何と言いますか？」

答「それは言われない事になっている」

問「現下の日本と支那《しな》との戦争について、貴師は日本を護って下さるか。

而《しか》して、どういう風に日本を守護して下さるか？」
答「吾は人の眼には見えざるべきも、純白の姿で、日本の国を守り、日本の神道《しんとう》を拝して神に祈り、日本の勝利に助力する」

最後に到って、キリストが実は神道の崇拝者であることがあきらかにされている。キリストが「日本の勝利に助力する」というのも、その理想とは相反する。当時の日本は日の出の勢いの軍国主義国家であったが、キリストは、

もし誇るべくば、わが弱きところにつきて誇らん。（コリント後書第十一章三十）

と言っていたのである。

もっとも、だからと言ってキリストが平和主義者だったという訳ではない。彼はユダヤ民族の政治的解放者であり、革命児でもあった。彼は、たびたび説いていた。「地上に平和をもたらすために私が来たと思うな。平和ではなく、剣を投げこむために来たのである。

私が来たのは、人をその父と、娘とその母と、嫁をその姑と仲たがいさせるためである。家族こそはその人の敵である」（マタイ伝十章三十四―三十六）と。

大工の倅《せがれ》で、娼婦《しょうふ》、漁師、兵隊を集めて家族制度の崩壊を説き、放浪をくり返し、エルサレムの神殿の両替屋や鳩《はと》を売る店の屋台をひっくり返した暴力派のキリストが、三十代でわが国に来てから、百六歳で死ぬまで、まったくそうしたエピソードを残していないのも妙だと思うし、双生児の兄弟がいたということも、初耳であった。

だが、もはやキリストが青森で死んだことの真偽を推理する紙数も尽きたようだ。


神よ、いずこに……


「キリストが、青森へ来て死んだのかどうか、私にはわからない」

と、私は書いた。

「だが、はっきりわかることが一つある。

それは、青森県の人たちが、この話を真実だと思いたがっていることであり、歴史の中にキリストを必要としていた、ということである」

従来、青森の人たちにとって、外来者はつねに敵であった。私の母がよく唄ってくれた子守唄は、
寝ろじゃ　寝ろじゃ

寝ーたこへ
寝ねば山からモッコ来らね

というのであり、モッコはお化け、外敵（蒙古という説もある）などの意であった。寒風をふさぐ北窓の目貼り。閉じられる雨戸。そして、家の中での血忌、親殺し、子殺し。救いのない長い灰色の冬。

棚《たな》の上の子消し人形。間引き。首吊《くびつ》りの桜の木。斧《おの》。法医学。盲目。

そうした中で、海の向うから救世主がひょっこりやってくるという期待が、歴史を書き変えたとしても、学問の法廷で裁くことはできないだろう。

捨て子だった私の母は、結婚して私を産み、つかのまの幸福ののちに、父に死なれた。身を売って生活を支えベースキャンプに勤め、粉雪のちらちらと降る日に、私の知らぬ男と連絡船に乗って故郷を捨てた。

見送りに行って取り残された私は、知っていた。

四十すぎて厚化粧した貧しく、くたびれた母のハンドバッグの中に入っている一枚の写真は、私のでも、死んだ父のでもなく、イエス・キリストのものなのだったということを。

この人は光ではなかった。
光あることを証明しにやってきたのだった。（ヨハネ伝第一章）

筑豊むらさき小唄

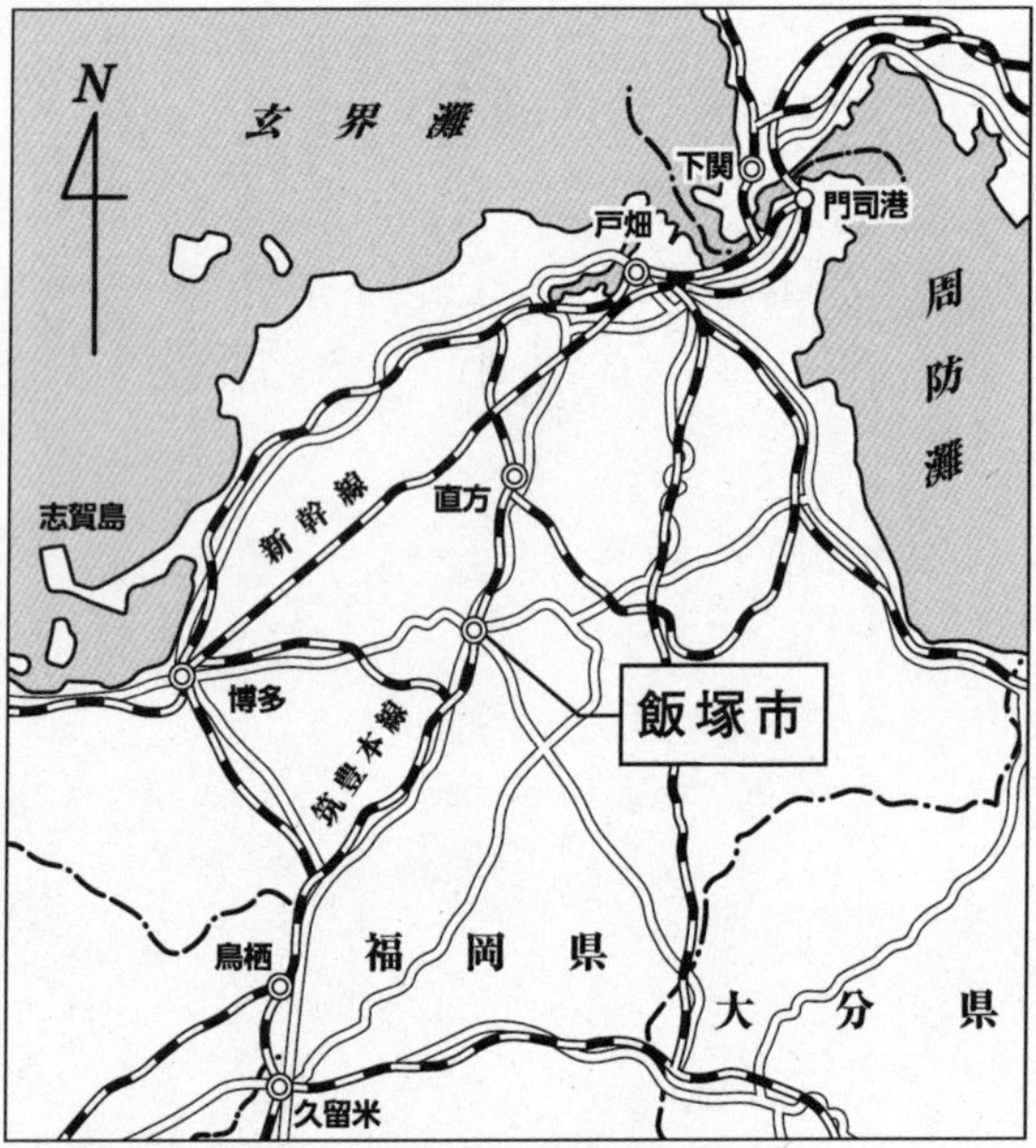
N
玄　界　灘
下関
門司港
戸畑
周防灘
志賀島
新幹線
直方
博多
飯塚市
筑豊本線
鳥栖
福　岡　県
大　分　県
久留米

面白かばんた!


「本日はお若いお客さんが多いようですので、若い唄を一曲唄いましょう。ほんの一年ほど前に流行《はや》った唄です」

刑務所帰りかと思われるような五分刈りの男が、派手な浪の花の浴衣《ゆかた》にギターを抱えて、唄い出した。

〽亭主持つなら堅気をお持ち
　とかくヤクザは苦労の種よ
という、懐しのメロディ「旅笠道中《たびがさどうちゅう》」であった。

それにじっと聞き入っている客は、何と六十代、七十代の白髪《しらが》のじいさん、ばあさんばかりなのだ。

所は九州筑豊《ちくほう》の炭鉱町の飯塚《いいづか》。

劇場の名は、嘉穂劇場である。

歌謡曲、舞踊ショーをはさんで、佐賀俄《さがにわか》と呼ばれる家庭劇風の喜劇が演じられる。「ちょろっといっぺん見てくんさい。ほんなこと面白かばんた！」という宣伝文句の「筑紫美主子」が、「ファンの熱望に応えて」一年ぶりに、この町にやってきたという訳だ。

「今は昔」という劇のあらすじを、ざっと説明すると、父の日に、一人娘が恋人と逢《あ》っていると、年老いた父が帰ってくる。娘は、あわてて恋人を押し入れの中にかくし、父を外へ出そうとするが、何しろ「父の日」なので、父は娘に甘えはじめる。「お前、この頃冷たくなった」などと言われて、娘は酒肴《しゅこう》でもてなす破目になる。

そのうちに、押し入れの中の恋人は、しびれをきらす。娘は一計を案じて、「こないだ、あたしの友だちが密会してるところに、父親が訪ねてきて」と、他人事にして、話しはじめる。「あんまり長っ尻なので、友だちは父親の顔に、こうやってエプロンをかけて」と言いながら、ほんとにエプロンをかける。「父親に見えないようにして彼氏を逃がしたのよ」と言いながら、ほんとに恋人を逃がすのである。父親は、だまされたふりをして「間抜けな親父やなあ、そいつは」と言って、客の爆笑をさそう。

しかし、結局はその父親のはからいで、娘と恋人とは結ばれる、という話で、一人娘を手離す父親の孤独を笑いにまぎらして演じるという人情話は、満員の老人客たちの涙をさそうという訳なのだ。そのあとに、もう一本、座長の筑紫美主子が、おばあさんになっての人情喜劇「おさらば東京」があって、終演が夕方の五時。

ボタ山には、雨がしとしとと降りはじめていた。老人たちは、おじいさんやおばあさんの実力で、若い人たちを幸福にしてやる芝居を観たあと、「若い人たちの実力が、おじいさんやおばあさんを、幸福にしてくれない」現実の家庭に帰ってゆくのだ。おなじマーちゃんのフィナーレの歌謡曲「皆の衆」の手拍子を耳に残しながら。

〽皆の衆　皆の衆
おかしかったら腹から笑え
悲しかったら泣けばいい
無理はよそうぜ体に悪い
しゃれたつもりの泣き笑い

猿若座の末裔

ところで、この筑豊の嘉穂劇場は、並の芝居小屋ではない。大正十一年に地元筑豊の炭鉱主と町の実力者が共同出資して建設された歌舞伎《かぶき》劇場に、その歴史がはじまるのである。

当時は、大阪の中座の様式を模し、木造三階建のものであったが、これが昭和三年五月に火事にあって、全焼してしまうことになった。そのあと、再建の準備は着々とすすめられていったが、昭和五年七月に、ようやく棟上式が終ったところで、北九州一帯の暴風雨にあって倒壊し、残ったのは楽屋ばかりだったと記録されている。

当時の様子は「かつらが散乱し、その黒髪が柱にからみつき、楽屋の鏡は割れて、樹木が倒れこみ、地獄のよう」だったらしい。この、二度の災害で、株主たちが手を引いたあと、当時の経営責任者であった伊藤隆が、個人の資金で昭和六年に再建したのが現在の嘉穂劇場である。飯塚市文化連合会の依頼で、近畿大学の安田・桑原研究室がまとめた「嘉穂劇場調査報告書」によると、

「大正十一年の地図によると、劇場北側の道路をへだてた所に遊楽町という名の街区があるが、ここは劇場とともに飯塚における一つの歓楽街であったろう。劇場が建ってから、この周辺には飲食店が軒を接して建てられたといわれている。

劇場は道路から奥まった所に配置され、その前面に広場がある。この広場が思いきって広くとられているのも面白い。全盛期は広場にノボリが立ち並び、呼びこみ太鼓の音とともに、にぎやかな演劇の雰囲気《ふんいき》をかもし出したものと想像される」

しかし、かつて六代目菊五郎がコケラ落しにミエを切った由緒《ゆいしょ》ある筑豊の歌舞伎座も、炭鉱の衰退による人口の減少、テレビ攻勢による興業不況にあって、次第に往時の面影を失っていった。ノボリの立ち並んだ広場は「駐車場」になり、呼びこみ太鼓

の音は消え、三五七二・八平方メートルの敷地にある二千平方メートルの劇場も、今では歌謡ショーか、敬老会慰安観劇会、農協組合員慰安観劇会などに使われることの方が多くなってしまったのだ。

実際、今は使われていないが、この劇場には手動棒による「廻り舞台」があり、「奈落《ならく》」がある。マワシは正方形の台と、その対角線上に設けた四本の支持柱の上に円形に組まれてあり、「今でも、力のある男が四人位で動かせば廻る」のである。廻り舞台の中には、小さい二つのスッポンもある。

「本花道」も、一・五メートルの幅で、十五・四五メートルの長さ、七三の位置にはスッポンの切穴がついており、上手側には〇・六メートルの幅の仮花道があり、客席は土間と桟敷《さじき》席となっている。

土間は、これも現代では全く珍しいマス席で東西い―り、南北一―八列、一マスが六人詰となっていて、その仕切り棒にホゾ穴が残っているから、二人で一マスにすることもできる訳である。

こうした歌舞伎小屋の正統は、寛永《かんえい》元年（一六二四年）に、江戸に猿若座が創設されて以来のものであり、歌舞伎芝居の発展と共に工夫考案されてきたものである。

たとえば、引き幕は、寛文《かんぶん》四年（一六六四年）に、江戸の市村座と、大阪の荒木与次兵衛座で、はじめて二番続きの狂言を演出したときにはじめて設けられたものであり、花道は、役者が土間席と分離してしまわぬために考案されたものである。（この、花道は、役者の出と引っ込みが、次の場面の準備と重複せぬことと、少しでも長く役者が客の中にとどまることを主眼としており、能における「橋がかり」のように、舞台と楽屋とを結ぶ通路とは、本質的に性格を別にしている）

いずれにしても、これほど見事に歌舞伎小屋の構造を備えた遺構は、もはや大都市には残っていない。数えあげれば、

「金丸座」（江戸時代の建築で、香川県の重要文化財となっている）

「呉服《くれは》座」（明治時代のものを愛知県明治村に運び、保存してある）

「嘉穂劇場」（大正、昭和期の建築で、福岡県飯塚市にある）

の三座だけ（前述、近畿大学・桑原研究室調べ）ということになり、しかも、今でも興業され、使われているのは、この嘉穂劇場がたった一つ、という貴重なものなのである。

暗闇はアナーキーだ

これだけの劇場を維持しているのが、伊藤英子さんというおばさん一人である。創立者だった隆氏の次女で、その半生は「思い出しても苦労ばかりだった」という。

石炭景気にわいた昭和五、六年頃は、何をやっても大当りであったが、昭和十六年に隆氏が倒れ、二十一年に死亡。二十九年には兄、そして三十一年には母が死亡。男まさりだった姉と二人でがんばってきたが、その姉も三十九年には死亡して、いまは天《てん》涯《がい》孤独になってしまった。そして、石炭不況がやってきて、筑豊一帯は、どん底の貧窮にまで落ちたのである。

父ちゃん今日も帰らんき
母ちゃん炭鉱《ヤマ》にボタ拾い

と地元の詩人森中鎮雄が訴えた「ざりがにの詩」は、東京の私の記憶にも新しい。

兄ちゃんどこまでザリガニとりに
学校休んで行ったやら
ザリガニとって何にする
夕餉《ゆうげ》の粥《かゆ》のさいにする
夕焼雲は赤いのに

明日も学校に行かれんと

いたいけな女の子が、遠い町（博多）の玩具屋《おもちゃや》に子守をしに行き、娘は身売りし、一家心中の相次ぐ貧しさの中で、人たちは、「廻り舞台」や「花道」のある歌舞伎小屋から遠ざかっていった。芝居は、彼らにとっては「人生自身ではなく、人生の代りのもの」にすぎなかったから、実人生が悲劇を演じているときに、わざわざ劇場まで行って、木戸銭を払って「他人の悲劇」を見る余裕など、なくなってしまったのだ。

見わたす限りの炭鉱の廃墟《はいきょ》は、雨にぬれて、石炭殻の巨大な亡霊のように見える。一家が離鉱して行ったあとのアバラ家は、鴉《からす》のたまり場になり、畳は無惨にめくれあがって雨ざらしになっている。

だが、炭鉱はなやかなりし頃は、ほんとに町中の人がうるおっていたのかどうか、となると話はまた別である。死んだ私の父は大酒飲みだったが、酔っぱらって唄う炭鉱の唄は、

七つ八つからカンテラ提げてナイ
坑内さがるも親の罰

というものであった。

――鉱山って、金のもうかるところだろ？

と私がきくと、父は、

――そうだ。

と答えた。

――そんなら、どうして「親の罰」なの？

とまたきくと、父は、

――おまえにゃ、あそこがどんな所かわからんからだ。

と言った。地底の暗さ、「おろし底から吹いてくる風」は地獄の風だったのかも知れない。森崎和江が収録した女坑夫たちのドキュメントによると「炭鉱のもんは気が荒いですけん、口でぼんぼん荒ういいますたい。殺すぞ！　いうて仕事しよる。そして上へ上ったら、殺すぞというた相手と仲よう遊んどる。　はははは、若い娘が日本髪結うてですの」とか、「おいさんがカンテラを上へ上げたら、パーッ！　といって火が出た。音がしたですな、大きな坑内爆発の音ですたい。マッチをシュッとつけるでしょ、赤いような青いような」といった命がけの労働。坑内で停電すれば、文字通り地底の闇獄の中を這《は》いまわることになるという生活。石掘り、穴くり、マイトかけ、スラ引き、選炭。めくらもいれば唖《おし》もいる。エネルギー産業の好況の、というがそれは資本の論理であって、実際に坑内で働く者たちにとっては、上へ上ったときに浴びるほど生きてる実感を味わわずには、いられないほどの命がけの日がつづいているのだ。酒。賭博《とばく》。そして女。坑夫たちは、「過去を問われず」に雇われて、散在する炭鉱を転々としてまわる。そうした刹那《せつな》的な消費を、流通だの好景気だのと呼んでいいものかどうかはわからない。炭坑内の人たちは「地上の生活では破りがたい意識の壁を砕いています」と言う。「まっくらな地底で突如としてけたたましく笑うのですが、息をのむような虚無感とまんじどもえとなっている明るさです」（森崎和江）という怖《おそ》ろしさだ。

灰色の無性格な勾配《こうばい》。筑豊の秋の雨の日の、ほとんど思い出の中にしか存在しない「炭鉱節」にあけくれた日々の賑《にぎ》わい。

彼らが、劇場を必要としたのはなぜか。

と私は思った。

おそらく、生活には何の原則も綱領も持たないために、劇の中の倫理、秩序といったものを、深い意識の底では求めつづけていたのかも知れない。

坑内に限らず――闇《やみ》はつねにアナーキーである。闇は一切の綱領を認めないし、一切の様式を超脱する。闇は、等身大の世界とあからさまに対立しようとするもの、だ。

そして、その中で労働するものは「親の罰」あたりだと、唄の文句で唄われることになるのだ。坑夫たちは、ヤマのまっくらの中で喪失したものを、舞台の上からとりもどそうとする。そこで、「劇界の王将」や「九州劇団の大御所」や「名花」や「花形」たちが、人情を演じ、親子愛を演じる。

まっくらの中での、労働を共有する者たちの連帯と、坑外の「家」を中心とした連帯との換喩《かんゆ》がたくみに行なわれ、劇は坑夫たちを確実に地上に「呼びもどす」。その繰返しの中で成立していた本邦一の劇場であってみれば、ヤマがなくなれば維持がむつかしくなるのは自明のことだと言ってもいいだろう。

炭鉱から石炭が出なくなって、廃鉱化し、まっくらの代りに明るさの貧困、明るさの飢餓が坑夫たちをとらえる。だれも、劇場の虚構の秩序など欲しくない。むしろ、日常は桎梏《しっこく》ばかりで「解放」されたいのである。

昔は、

娘やるなよ坑夫の妻に
　ボタがどんとくりゃ若後家女

と唄ったが、いまじゃやりたくとも「坑夫の妻」という嫁口さえない。そのうちに、劇場そのものの崩壊が全国的にはじまってくる。「他人が演じる」つくりものの「人生」などは、軽薄で、手軽であるに越したことはない、からだ。そして、映画の全盛期、テレビの普及と、劇も「手作り」から「量産」へと移っていった。劇場の倒産はおびただしい早さで敷衍《ふえん》し、旅役者の一座も、どんどん解散していった。

炭鉱町の灯が消えていく中で、伊藤さんが嘉穂劇場を守ってきたのは、もはや伝統への使命感というよりは、「女の意地」とでも言ったものであったろう。ボタ山に囲まれた、人口七万の小都市に、二千人も入る、本格的な歌舞伎劇場などあったところで、まったく「時代おくれ」なのだ、という陰口もきいた。実際、何度、転業を考えたか知れやしなかった。婚期も逃がしてしまったし、後継ぎもいない。一人で企画し、一人で宣伝し、一人で看板を書き、一人で幕引きをし、一人で裏方をし、経営から弁当作りまで、誰《だれ》に相談することもなく、夜、たった一人で客の帰ったあとのマス席に坐っていると、「とうとう五十年も、こんなことをやってきてしまった」という感慨にとらわれることもしばしばあった。

劇場には他に、座蒲団《ざぶとん》貸しやモギリ、売店のおばあさんなど、八人の従業員がいる。昔は「芸者に線香つけて、弁当を持ち、お祭りさわぎをしにやってくる炭鉱成金」もいたが、今では奈落の闇で閑古鳥《かんこどり》が啼《な》いている。

それでも、十年前の不況に炭鉱を離職していった者がひょっこり帰ってきて、「嘉穂劇場が健在だったのが嬉《うれ》しい」などと言われると、思わず「がんばり甲斐《がい》があった」と、顔がほころんでくるのだそうである。

「大体、劇団も減ってしまいましたしね」

と、伊藤さんは言う。「みんな、ヘルスセンターあたりで、給料とって喜劇をやってる方が楽だから、苦労してドサまわりなどしなくなりました。それに、地方のテレビに出たりして小遣《こづか》い銭も稼《かせ》げるし……」そのため、たまに、劇場で劇をやるときでも、道具もほとんど使わない。廻り舞台は勿論《もちろん》、山台も、置き道具として備えつけてある飾りものもまったく使わぬ、「まるでテレビのホームドラマの一杯セット」よりも簡単なものでお茶をにごして、採算をとることを考えるのである。

呪師《じゅし》が役者の起源

桟敷《さじき》席で、座蒲団を枕《まくら》にして横になって舞踊ショーを見ていると、さまざまの思いがこみあげてきた。

股旅物《またたびもの》の合羽《カッパ》からげた渡世人《とせいにん》が、笠《かさ》を手でまわしながら踊っている。鼻に一すじのお白粉《しろい》が入って、恨《うら》めしげな媚《こび》をふくんだ流し目で見栄を切ったら、どっと拍手が入った。

〽一つしかないふるさとの
　せめてタタミの上で死ね

と、スピーカーから、切ない唄が流れていた。踊っている役者の後に、書き割りの

「ふるさと」があった。そこは、手前に水車があり、松の木が立っている。橋の向うに村が見えて、そこにいくつかの屋根が見える。これが、「ふるさと」のイメージの一つの典型なのだ。

私は、ふと思った。少年時代から「ふるさと」の絵というのは、どうしてこんな風に遠景ばかりなのだろう。それは、私が十歩近づけばその分だけ遠ざかり、決して中へ入ることを許さない、遥《はる》かな風景なのであった。

私が、はじめて「ふるさと」を目にしたのは、汽車に乗ったときである。車窓から見える山あいの小さな村（青森県上北郡六戸村古間木《ろくのへむらふるまき》）は夏だった。製材所の唸《うな》る鋸《のこぎり》の音がきこえ、向日葵《ひまわり》が咲いて見えていた。それは、遠景であることによって「ふるさと」たり得たのか、それとも「ふるさと」になった瞬間に遠のいて行ってしまったのかは私にもわからなかった。

しかし、帰省して製材所の中にいるときも、背より高い向日葵と正面から向きあって立っているときも、それらの内側に「ふるさと」を見出すことなどはできなかったのだ。私は遺失物捜索係の前に立って、途方に暮れながら思い出すように、不確実で、遠い存在――としてのみ、「ふるさと」の風景を定義づけることができた。「ふるさと」などは、所詮《しょせん》は家出少年の定期入れの中の一枚の風景写真に過ぎないのさ。と、私は思った。それは、絶えず飢餓《きが》の想像力によって補完されているからこそ、充ち足りた緑色をしているのだ。

私は、一枚の書き割りの風景を見ながら、同時にもう帰ることのない、私自身の故郷の風景に思いを馳《は》せていた。だが、故郷を持つということは、風景を私有するということに他ならなかった。そんなことを思っているあいだも、旅役者は踊りつづけていた。そして、それはマス席を満員にしている白髪のじいさん、ばあさんの、もう一つの代理の人生なのであった。踊っている旅役者は、老人たちにとって現代の陰陽道《おんみようどう》や施療を行なうものであり、客席で何かを待っている非力な観客たちの孤独を癒《いや》し、身代りに春を生きてくれる「呪師」のようにさえ思われた。

呪師といえば遠く平安《へいあん》時代の猿楽《さるがく》にまでさかのぼる。

「『呪師』と称して、平安中期から法成寺・蓮華法院・法勝寺などの寺院に属し、呪文を唱えて幻術をなし、陰陽道や施療の方術をも行なうものがあった。ところが彼らは修正会や修二会などに際し、余興的に猿楽系の伎芸を演ずるに至った。呪師猿楽がそれである。そして、三代実録・江家次第・新猿楽記などの諸史料を総合してみると、呪師の伎芸はすでに散楽（猿楽）の中に包括されている」（須田敦夫「日本劇場史の研究」）

舞踊のなかには、すでにその派生から陰陽道や施療の方術がふくまれていたのかも知れない。人生という長病にくたびれきった老人たちにとって、舞台の上の踊り手

（役者）たちは、呪術として舞い、歌っているのだという印象さえ与えかねないものが、眼前に展開しているのだ。

わが国における呪師の起源は、大和《やまと》時代に百済《くだら》から来た呪禁師（ジュコムノハカセ）にまでさかのぼるという説もあるが、それが文字として用いられた最初が「大鏡」だったので、一応は平安中期以後とされている。そして、この呪師の猿楽が鎌倉《かまくら》初期には曲芸的なものと演劇的なものを加えて、寺院を中心に行なわれるようになっていったということから、演劇の発生を呪術（すなわち、陰陽道、施術）と見ることもできるのではなかろうか？

今日、ある種の演劇が、老人病をはじめとする多くの精神的な病を「施療」するための浄化作用（カタルシス）を目的とし、またある種の演劇が、異化することによって劇の世界を客体化し、それをたたき台にして社会変革の教材にしたことと、深いところで通底しているのかも知れない。ともかく、こうした呪師猿楽の流れをもっとも直接に受け継いでいるのが「旅役者一座」の演目である。

呪師の本芸は走手、剣手、狂物（教訓抄七・歌舞品目九）である。走手は、長筵《ながむしろ》五枚を敷いた走場で、のちの花道、剣手は剣劇、すなわち旅役者たちの本芸となすものであり、それに歌舞として、歌謡曲と舞踊ショーがつくと、そのまま呪師猿楽となる。

ただ、こうしたものが、平安鎌倉期においては、宮廷寺院で行なわれ、農民たちには猿楽とべつに、「田楽」があった。

それが現代では倒錯して、宮廷で田楽の流れをひくと思われる雅楽が演じられ、農民劇場で散楽（呪師猿楽）の系統の旅芝居が行なわれるようになったのだ。

そんなことを思っていると、

〽おかしかったら腹から笑え
　悲しかったら泣けばいい

という、処世訓じみた歌の文句が、解されてくる。ギターを抱えた、やくざ風のマーちゃんも、いわば現代の呪師の一人であり、マス席の老人たちに「施術施療」をしているのだということになるからである。

旅役者はどこへ行った

秋の七草色ます頃は
役者なりゃこそ旅から旅へ

思えば、少年時代の私は、旅役者にあこがれたものであった。たった一人の母と生きわかれして、青森市の歌舞伎座に身柄をあずけられた私は、ドサまわりの一座のお島や仙太郎についてゆけば、母のいる町まで行けるのではないかと思い、一人で鏡に向ってお白粉《しろい》をぬり、一座のかつらをかむって見たりしたものであった。その頃、男を作った私の母は福岡県遠賀郡芦屋町《おんがぐんあしやまち》のベースキャンプの近くに住んでいた。そして、今、こうして私が寝そべっている嘉穂劇場の飯塚《いいづか》と芦屋とは遠賀川でつながっているのだ。二十年前、まだ鉱山はなやかなりし頃、私の母はほろ酔いで男の肩につかまりながらこの劇場に何度か足を運んだことだろう。

あの頃は、廻り舞台と一緒に戦後史はめまぐるしくまわっており、私はまだ古くさい母性愛などというものを信じていて、歌舞伎座にかかるドサまわり一座の「人生遊侠伝《ゆうきょうでん》」の、

——手先爪先《つまさき》のこのひび　あかぎれ
　朝な夕な涙の乾《かわ》く間もなくだぞ
　人間らしい心があったら「ああ悪かった、許してくれ」

と、両手をついて、腹から素直になぜ詫《わ》びねえのだ。

という台詞《せりふ》を口真似しては、母の写真に向って啖呵《たんか》を切ったりしていたものだった。

だが、私はとうとう旅役者にはならず、そのかわり劇団を作って「座付作者」になった。同じようなものだ、と言うことになるかも知れぬが、時代は変った。当時は世の中の飢餓を舞台の上の「お芝居」が補完してくれたが、いまは舞台の上のハッピー・

エンドと実人生とは、ぶっつり切れていて、どこでもつながらない。舞台の上で国定忠治が何人を叩き斬ったところで、客席にいる観客には「御用」もかからなければ、肩の荷も下りない。劇は、むなしい「出会い」の偶然を求めて、繰返されてゆくしかないという不条理を、私たちに課すばかりなのである。

十年前、貧しかった私は、ふらりと東京の足立区《あだちく》の小さな芝居小屋を訪ねたことがある。やはり、雨の日だった。「東京家庭裁判所、中央少年ハウス」という、日本で最初の孤児院を改造したその劇場には「少年天守閣」と墨書した額がかかっていた。裸電球。家畜小舎のように暗い少年ハウス。私服刑事が監視にやってくる、この「紙元座」には、かつて公演し、やがて流散していった多くの劇団の卒塔婆《そとば》が立っていた。曰《いわ》く、また来るぜ、高松劇団・座長高松美智子。曰く、ツルヤヒサゴ解散のため地元熱望にこたえて最後の青空納涼演劇。万引き。強姦《ごうかん》。傷害の前科のある少年たちは、少年ハウスで再生の日を送り、第二の人生を虚構に求めて、伊那《いな》の勘太郎になったり、関《せき》の弥太っぺになったりするために、戸波竜太郎一座や市川菊十郎の一座に「入門」してゆくのである。だが、「人に好かれていい子になって、落ちゆくときゃ一人じゃないか」というのがスタアの宿命ですよ。と、座長が、こぼしたように、旅役者は日常の現実のなかでは、経済的にも窮乏してゆき、次第に大衆参加のレジャー文化に追いつめられて、解散したり、廃業したりしていった。次第に、東京の芝居小屋も転業し、劇団の数も減っていった。中村さんのとこの座長は頭がヘンになったとか、市川のとこの女形《おやま》が、かつらの髪で首を吊《つ》ったとかいった、暗い噂《うわさ》をたびたびきいた。

あの雨の日、入門してやってきて「新選組始末記」をうっとりと見ながら、

「おれはねえ、アメリカの煙草喫《す》ってさ、ブドウ酒をのめるような身分になりてえのさ。

ブドウ酒ってのが、いちばん高級な酒だもんな」

と、私に「役者の夢」を語っていた少年院帰りの男も、二年後にはスーパー・マーケットで窃盗《せっとう》して少年院戻りになる途中、手錠《てじょう》のまま赤羽線にとびこんで、自殺した。もう、「旅役者」などというのは、昔話にすぎなくなってしまったのだろうか？

それでも、嘉穂劇場だけは、「何一つ、昔と変らぬまま、花道も引き幕も、廻り舞台もマス席も完備して」、いつかまた、やってくるかも知れない幻の一座を待ちつづけているのであった。

座主の伊藤さんは「もう疲れた」と言う。この文化財的な劇場を維持するのに、公的な経済援助が、まったくないのは市の文化行政の貧しさだろうか？

このままでは、劇場は「立ったまま死んでゆく」巨人となってしまうことは、だれの目にもあきらかである。二十年前、旅役者にあこがれた私は、長じてこうしたルポルタージュを書くようになった。生きわかれした母は、どこに暮しているだろうか？

少年ハウスは？　飼われていた百羽の鳩《はと》はどこへとんで行ってしまっただろうか？
少年拳銃魔永山則夫は「乱れた過去に生きるより、知らない明日に生きようか」と歌った。私の育った歌舞伎座は倒産し、座主は死んだ。時は流れたが、お城は見えない。
前述の「嘉穂劇場調査報告書」（飯塚市文化連合会）には、しらじらしくも次のように書いてあるのだった。

「昔、宿場町として発達した飯塚は、近代に入り筑豊炭田の商都として繁栄した。単純で、堂々たるこの劇場の正面意匠は、あたかも『アッサリして雄大な筑豊の気性』がそのまま表現されているかのようである。コケラ落しに六代目菊五郎がミエを切ってから五十年の間、炭鉱の盛衰とともに生きつづけ、現在も営業が続けられている全国唯一の劇場である。

国土開発の名のもとに、古いものがだんだん失われてゆく現在、歌舞伎劇場の生きた資料として、貴重な存在であり、又筑豊庶民の人達の『憩いの場』そして『文化交流の接点』としての社会的な役割も大きい」

あとがき
「わたしは、ただの現在にすぎない」という旅行後談

この紀行文は一九七三年一月号から雑誌「旅」に一年間連載されたものである。私は風葬や鯨の墓などを訪ね、ノートと、二、三冊の書物を持って、あちこちと旅をしてまわった。そして、私自身を金田一耕助探偵《たんてい》になぞらえながら、自分の思いついた謎《なぞ》を、自分で解いてまわったのだった。

この他にも、わらべ唄由来、草相撲、民間医療、こっくりさん、など扱ってみたい呪術《じゅじゅつ》的な素材や土地もいくつかあったが、それらへの旅を通じて、私は私なりの日本人観を形成してみたい、と考えていたのだった。私にとって、こうした因習が、どのようなかたちで継承されてきたか、ということはそんなに重要なことではなくなっていった。

それが、「なぜ、今でも存在しているのか」、「だれがそれを必要としているのか」ということが問題だった。

ボルヘスは、「午後五時に正面を向いていた犬と、午後五時五分過ぎに横を向いていた犬とは、もはや同じ犬ではない」と考えるフネスという男や、「月曜日に失くした銅貨と、水曜日に見つかった銅貨とが、同じその銅貨ではあり得ない」と思いこんでいる一人の作家を紹介している。「失くした銅貨が、火曜日にも、そこに連続して存在しつづけていた、ということ」が、どうしても「理解できない」人間にとって、歴史は一つの連続体としてではなく、ただの現在としてのみ存在している。そして去りゆくものは、一瞬にして消失し、何者かの手によって虚構化されない限り、再現することはないのだ。

思えば、私にとって歴史とは、ただの物語か伝説でしかなかった。そして、アパートの北見さんや酒場のトミ子ママ、角の新聞販売取次所の米村のおやじや哲ちゃんは実在していても、それが「日本人」という名で一つのトータリティを持つと、忽《たちま》ちにして実体を失ってしまうように思われていたのだ。

私は、この旅の中で、こうしたとらえどころのない「日本人」の概念をあきらかにしようと試み、まだ起らぬ出来事を伝説化してしまったり、すでに過去となってしまったものを、進行形で語ったりしてみようと思った。時の法則を転倒させ、死んだ人たちにも語らせることによって、「実際に起らなかったことも、歴史のうちであること」を確かめ、「日本人」の実体を、政治化の枠外《わくがい》であきらかにしてみたい、と思ったからである。

したがって、この書物は民俗学的見地からの視点を持っていないし、沖縄などを扱いながら、柳田国男が提示したような、天皇へ対峙《たいじ》する意味での「常民」という一つの前提も持っていない。重出立証法といったものにも、勿論《もちろん》まったくふれていないのである。

私は、この旅のさなかに、いつもポケットに入っていた横溝正史の怪奇探偵小説を、現場検証してまわったにすぎなかった、とも言えるし、この目で見たことによって、「もう一つの地誌」の証人になろうとしたとも言える。

もともと、呪術というものは共同体の成立と保持のために生み出されたものであり、私は、旅先の土地土地では、ただの通りすぎるよそ者にすぎなかった、とも言えるのである。要するに、

「わたしは、ただの現在にすぎなかった」

のであり、先を急ぐことも、あと戻りすることもできぬ、ということを書き手の立場としていたのであった。

寺山修司

解説

——逆光のロマン——

馬場あき子

「花嫁化鳥」という本の題名は妖《あや》しい華麗さと通俗さの顕示があって、いかにも寺山さんらしい日本文化への逆照射のポエジイが感じられるものだ。

この本の中にも同題名でかかれた指宿紀行の一章があるが、その中で寺山さんは「花嫁」なるものについて、「結婚はきらいだが、花嫁と新婚旅行は好きだった」といっている。なぜかというと、「結婚には、日常性がつきまとうのでわずらわしいが、花嫁とか新婚旅行は虚構だからである」ということだ。

日本人が「花」ということばをどういうときに意識的につかうかを考えてみるだけでも、そこには憧れや理想とともに、隠蔽的《いんぺいてき》なある種の日常欺瞞《ぎまん》の哀しみがあって、日本的表現の精神史からは見落すことのできないことばといえよう。ところが寺山さんの「花嫁」はさらにここで「化鳥」ということばと連合することによって、「花嫁」という語のもつ虚構性の哀しみをいっそうくきやかにし、個性的なイメージを生んでいるといえる。

少し執していえば、花嫁は鳥になって空へ翔《と》び立てるほど美しいというのか、自由な碧空《へきくう》を捨てた鳥が花嫁に化しているのかはわからないが、おそらくは両方なのであろう。そして何より、翔び立つ羽さえありげに見える花嫁は、じつは翔べないのである。

り、民話の天女が漁夫や木樵《きこり》の花嫁となって土着したと同じように翔ばないのである。「きんらんどんすの帯しめながら／花嫁御寮はなぜ泣くのだろ」という感傷性を、寺山さんは「少女時代からあこがれた花嫁になってしまった。（つまり、もう二度となることができないのだ）という、悔悟が感傷になっている」と見ぬいているが、憧れを得てしまったあとにつづくのは、当然、長い不毛な日常という恐しい弛緩《しかん》の日々であって、その予感の中に花嫁化鳥たちは生きてゆくのである。

寺山さんのシナリオ『田園に死す』にも、たしか「化鳥」という美しい本家の嫁が登場していた。八千草薫の扮《ふん》したその役は一人だけ若く美しく、哀憐な絵そらごとめいていたが、翔べない化鳥は、やっぱり異次元への飛翔の不可能を絵にしたような、共産党くずれの無名の男と情死するほかなかったのだ。

まだ二十二、三歳で、うら若く少年のようにさえみえた日の寺山さんは、「叔母はわが人生の脇役ならん手のハンカチに夏陽たまれる」とうたっていたが、私は八千草薫の化鳥をみながら、この花嫁化鳥こそ寺山さんの脇役の「叔母」にちがいないと思いつつ、「夏陽たま」るのみのハンカチの白さが、その役割ににじむのをみつめていた。

考えてみると寺山さんはその頃から「家族」とか「血縁」というものに大きな関心を寄せていた。それは父とか母というような自己の出生・出自の確認に一つの文学的な主題をみているとともに、その人生の脇役としての、無数の叔母、叔父、いとこたちの存在が、自己の存立とどのようにかかわるかという血の分脈を明かすことこそ、日本文化論を成立させる要因であることを考えていたのではなかろうか。

その寺山さんが、二十年も昔になるが、私の歌集の出版記念会で発言したことばを、私はいまも覚えている。それは、「ぼくと馬場さんの歌とは、いわばいとこのようなもので」というものだった。このことばを覚えているのもその「いとこ」という比喩《ひゆ》の巧みであるとともに含有するところの深いおもしろさがあったからで、爾来、私は寺山さんの「いとこ」たることに折々心を留めつつきたのだった。

たとえば寺山さんは「消しゴム」という自伝抄をかいているが（これは同じ題の映画作品も感銘深かった）、鉛筆でかいた文字や絵を、たやすく消してしまえる消しゴムのように、不用になった係累や、憎い存在を、すうっと消してしまう人生の消しゴムはないものだろうか。消して、消して、消したあとにひっそりと残るひとりの「私」、それだけでは、はたして本当に世に存立することは不可能なのだろうか。そんな連想が感傷的に心にしみる寺山自伝であった。しかし、その寺山さんは、子供の日々に遊んだ「家族あわせ」の温かげな嘘を憎しみながら、切るに切れないふしぎな絆《きずな》の糸の確認に逆にのめりこむようにかかわっているような気がする。

それは寺山さんの生きた風土のせいだろうか。その故郷の青森をいま辺境というわけにはいかないが、しかし、寺山さんの記憶する「ふるさと」はその思想の上で、必ず文化的辺境性をそなえておらねばならず、この『花嫁化鳥』一冊を構成する旅のゆくえも、すべてこの辺境性と辺境的文化として意味をもつ祭りの場の探訪となっている。

たとえば、洩れることなくゆきわたった血族関係の血の繋《つなが》りの中に、島のように浮んでいるともいえる辺境の日常を、祭りはいっきょに忘却させるべく、異次元の世界へ島ごと村ごと脱出させてくれる特別の一日であるわけだが、その祭りの中で、人々は何と多くの、その血に繋る特異な存在が同一地上にあることを見なければならなかったことか。代表的なものとしては「浅草放浪記」でみつめられている見世物小屋の人々があげられるが、その背景には、そのほかに生きるすべがなかった人たちの、生きながら殺されていた長い長い歴史がある。あるいは祭りとは、そうした者を見ることによってようやく慰められ、復帰してゆく日常の苛酷《かこく》さを底辺として成立しているといえるのかもしれない。

そして、寺山さんの心は、そうした血の歴史に、遠い血族の牽引力《けんいんりょく》をも感ずることによってこの旅を意味深くしているのである。風葬・鯨の墓・競馬・呪術《じゅじゅつ》というような、こんどの旅の主題の中から、寺山さんは民俗でもなく歴史でもないものを感取することを求めたといっているが、それは「民俗学的見地からの視点を持っていない」という自覚にもかかわらず、取り上げられた習俗はやはりなお、そこを翔びたてぬ男女の土俗的情況の沼の深さをかいまみせつつ、それがまぎれもなくわれわれの「ふるさと」であり、父や母や叔母やいとこたちであることの不気味な自覚をうながしているといえる。

かつて寺山さんは『戦後詩』の中で、「歴史と地理の思想」について述べていたが、昭和四十年以降の寺山さんの仕事の中で、その「歴史」というたての時間、連続の時間への嫌悪とふしぎな執心は、たとえば「あとがき」にかかれた「――歴史は一つの連続体としてではなく、ただの現在としてのみ存在している。そして去りゆくものは、一瞬にして消失し、何者かの手によって虚構化されない限り、再現することはないのだ」というところにも、一つの結語となってあらわれているといえる。

そして、そうした、たての時間の存続、寺山さんを証言する歴史そのものとしての最も一般的な虚構を、寺山さんは本書の中でもかなり執拗《しつよう》に、「母」のイメージの底辺的拡大を通じて示そうとしているように思われる。「母」なる存在をどのように認識しうるかという出自への眼が、この旅の背後には日本人の血の原点への思考として流れており、その醜悪をも含めて、断ち切れぬ絆に深く愛執している立場が感じられるのである。

そしてまた寺山さんは、因習や祭りや、文化史的になお収拾のつかぬほどの困惑的な情況にも、時には思想を与え、時にはその中から現代の箴言《しんげん》ともいえるような喩《ゆ》をつかみ出すことに長《た》けた、やわらかな優しい心を持っていて、池の水を一瞬透明に澄み鎮めて、底の小石や水藻の動きをみせてくれるような楽しさを味わわせる。

「風葬大神島」は宮古島の北端に位置する小島の習俗をつぶさに見つつ旅した紀行だが、島には手毬《てまり》をつく老婆と子供しかいない、というような意表をついた把握と描出によって、読者はあたかも自分の存在する〈いま〉という現実が、ふしぎな推理空間に変質してしまったように、その止まってしまった時間が異次元的世界をなしているのを感ずるだろう。島には壮年の父母も青年の長子もいなくて、老婆と子供の、手毬をついて消費されてゆく時間だけがある。小さな南の孤島は、年々過疎化しつつ、それでも決して島を出ようとしない人は、三人のツカサを中心に、聖地と閉鎖的な神祭の秘事によって、現代の架空の世界めいた一領域を保っているのだ。

寺山さんはこの島の崩壊を防いでいる秘密な神事について、「それについて語ることを禁忌としていること自体、神秘化しようとするものではなく、外的干渉によって因果的連鎖がくずれることを恐れているせいではないか、と考える」という、組織論的見地から、原初的集団精神の秘事を衝《つ》くとともに、本当の彼らの希求は、民俗的視点から「観察され記述されることではなく、まず生活することの権利を要求しているのである」と、きわめて正当な批評を加えている。あまりに正当すぎるであろうか。しかしながら、それは現代の日常的概念を越えている習俗に対する寺山さんの斬新な論評の視点のかげにある、みょうに鮮明なまっとう性としてかえって印象的である。

しかしながら、寺山さんはそのまっとう性の根っこと、異常な形態を通して異次元へと昇華してゆく祭りの情念とが通底していることをこそ日本文化論の正の位置を探る視座であると考えているにちがいない。だからこそ、寺山さんが、この大神島の子供たちが日没の頃に「かくれんぼ」をしてあそぶ、と指摘するだけで、我々は「かくれんぼは悲しいあそびである」ことを納得するのであり、「外来者の侵略を潜在化したこの島の子どもたちのかくれんぼは、実に見事にかくれてしまう」ことに、逆に不安なおそれを感じるのであろう。

そして、「トーヤマの洞窟で焼き殺された島の祖先は、かくれ方がうまくなかったから皆死んだ。だが、子どもたちは息をころし、一度かくれたら、月が出るまで姿を見せないのだ」という抒情的《じょじょうてき》な結語に注目しつつ、寺山さんの詩想を刺戟した「かくれる」ことの哀しみが、島の文化史としても、現代の詩としても哀しいことを理解し、寺山さんの、かの地理と歴史の思想のクロスする地点をここにみるのである。

つまり、寺山さんにおいて、習俗としての奇矯、人としての象《かたち》、ないしは人生としての奇異等々は、すべてこうした消しのこされた時間や、止まってしまったり、行きすぎてしまったりした時間にかかわる哀しみの詩であると受け止められているのである。寺山さんの作り出す映像の中で、古い時計がことさらに詩的であるのはそのためかもしれない。

それにもう一つ、寺山さんの詩は、すべて実画化された人生に特色がある。女相撲とか福助というような、いまは寺山さんの作品記号とさえ感じられるものもあるが、それ本書を通じてどれだけ多くの、歪《ひず》みを背負いこんだ詩的人物に出会えることか、それの一つ一つが、現代と近代、そして近世、たどれば古代までも、一気に溯《さかのぼ》ってしまえる、ふしぎな記号を背負っている。寺山さんはこの旅によって「もう一つの地誌」の証人を志したというが、それはまさに、日常、常識を越えてしか生きられなかったこれらの人々の地誌であり、その停滞感の深い風土性への錘鉛《すいえん》の詩であるといえるように思う。

（角川文庫旧版に収録された解説を、加筆・修正のうえ再録しました）

読者の皆様へ

『花嫁化鳥』では日本各地に伝わる、不思議な伝統や伝承の数々が紹介されています。その中には、未開社会、狂気、盲目的、狼少女、奇形、セムシ男、発狂、業病、畸形児《きけいじ》、支那、不具者、犬娘、いざり歩き、一寸法師、多毛児、熊女、畸形、ロクロ首、へそなし、人首獣体、蛇鱗人、魚人、白子《しらこ》、長毛人、熊人、人面瘡《じんめんそう》、多瘤人《たりゅうじん》、鍋食い男、だるま男、熊娘、馬男、蟹娘、曲屁男、豆女、二面相、奇人ショー、不具、トルコ、トルコ風呂、ミストルコ、売女、啞《おし》、せむし、狂った、狂人、白痴、精神病院、めくらなど、疾患や遺伝、特定地域に対する誤解や偏見を含む、差別的な描写があります。このほか、かつての身分制度のなかで被差別民に与えられ、賤視された職業の呼称である「隠亡《おんぼう》」に関する不適切な描写もあります。

「子どもたちには知能の低い子が少なくない。これは近親結婚が多すぎて、遺伝の血が次第に濁りはじめたからだと言われている」「近親結婚によって、三代さかのぼれば全部血がつながるといわれる系図と、低い知能とテンカンの泡《あわ》をふく子ども」「たとえばレプラのような業病で捨てられた子供、ということもあるかも知れない。死ぬと思って捨てた子が、死なずに全治して、そのまま山人になったという場合だ。レプラが、原爆症ということもあり得るだろう」などといった表現は明らかに不適切です。また、「親の因果が子にむくいた」というような表現は、執筆当時に一部で信じられていた迷信・俗説であり、医学的な知見からすると明確な誤りです。

しかし、本作には、これまで顧みられる機会の少なかった日本各地の珍しい伝統や伝承を取り上げ、これを称揚しようとする作者の意識が底流しています。そこには、特異な文化とされてきた風習を含め、改めて「日本文化」を捉え直そうとした、作者独特の温かな視線があります。

作者は一九八三年に他界しており、こうした状況を踏まえ、本作を当初の表現のまま出版することとしました。あらゆる差別に反対し、差別がなくなるよう努力することは出版に関わる者の責務です。この作品に接することで、読者の皆様にも現在もなお、さまざまな差別が存在している事実を認識していただき、人権を守ることの大切さについて、あらためて考えていただく機会になることを願っています。

角川文庫編集部

本書は、角川文庫旧版（昭和五十五年二月二十五日初版）を底本としました。改版にあたり、著作権継承者と協議のうえ、「闘犬賤者考」を割愛して九編とし、「あとがき」の記述を一部改めました。

花《はな》嫁《よめ》化《け》鳥《ちよう》

寺山修司《てらやましゆうじ》

昭和55年 2月25日　初版発行
令和3年 7月25日　改版初版発行
令和5年 6月25日　改版再版発行

発行者●山下直久

発行●株式会社KADOKAWA
〒102-8177　東京都千代田区富士見2-13-3
電話　0570-002-301（ナビダイヤル）

角川文庫 22748

印刷所●株式会社KADOKAWA
製本所●株式会社KADOKAWA

表紙画●和田三造

●お問い合わせ
https://www.kadokawa.co.jp/（「お問い合わせ」へお進みください）
※内容によっては、お答えできない場合があります。
※サポートは日本国内のみとさせていただきます。
※Japanese text only

ISBN 978-4-04-111648-7　C0195

JASRAC 出 2104534-302

◆◆◇

角川文庫発刊に際して

角　川　源　義

第二次世界大戦の敗北は、軍事力の敗北であった以上に、私たちの若い文化力の敗退であった。私たちの文化が戦争に対して如何に無力であり、単なるあだ花に過ぎなかったかを、私たちは身を以て体験し痛感した。西洋近代文化の摂取にとって、明治以後八十年の歳月は決して短かすぎたとは言えない。にもかかわらず、近代文化の伝統を確立し、自由な批判と柔軟な良識に富む文化層として自らを形成することに私たちは失敗して来た。そしてこれは、各層への文化の普及滲透を任務とする出版人の責任でもあった。

一九四五年以来、私たちは再び振出しに戻り、第一歩から踏み出すことを余儀なくされた。これは大きな不幸ではあるが、反面、これまでの混沌・未熟・歪曲の中にあった我が国の文化に秩序と確たる基礎を齎らすためには絶好の機会でもある。角川書店は、このような祖国の文化的危機にあたり、微力をも顧みず再建の礎石たるべき抱負と決意とをもって出発したが、ここに創立以来の念願を果すべく角川文庫を発刊する。これまで刊行されたあらゆる全集叢書文庫類の長所と短所とを検討し、古今東西の不朽の典籍を、良心的編集のもとに、廉価に、そして書架にふさわしい美本として、多くのひとびとに提供しようとする。しかし私たちは徒らに百科全書的な知識のジレッタントを作ることを目的とせず、あくまで祖国の文化に秩序と再建への道を示し、この文庫を角川書店の栄ある事業として、今後永久に継続発展せしめ、学芸と教養との殿堂として大成せんことを期したい。多くの読書子の愛情ある忠言と支持とによって、この希望と抱負とを完遂せしめられんことを願う。

一九四九年五月三日

角川文庫ベストセラー

家出のすすめ　寺山修司

愛情過多の父母、精神的に乳離れできない子どもにとって、本当に必要なことは何か？「家出のすすめ」「悪徳のすすめ」「反俗のすすめ」「自立のすすめ」と四章にわたり現代の矛盾を鋭く告発する寺山流青春論。

書を捨てよ、町へ出よう　寺山修司

平均化された生活なんてくそ食らえ。本も捨て、町に飛び出そう。家出の方法、サッカー、ハイティーン詩集、競馬、ヤクザになる方法……、天才アジテーター・寺山修司の100％クールな挑発の書。

ポケットに名言を　寺山修司

世に名言・格言集の類は数多いけれど、これほど型破りな名言集はきっとない。歌謡曲から映画の名セリフ。思い出に過ぎない言葉が、ときに世界と釣り合うことさえあることを示す型破りな箴言集。

不思議図書館　寺山修司

けた外れの好奇心と独特の読書哲学をもった「不思議図書館」館長の寺山修司が、古本屋の片隅や古本市で見つけた不思議な本の数々。少女雑誌から吸血鬼の文献資料まで、奇書・珍書のコレクションを大公開！

幸福論　寺山修司

裏町に住む、虐げられし人々に幸福を語る資格はないのか？　古今東西の幸福論に鋭いメスを入れ、イマジネーションを駆使して考察。既成の退屈な幸福論をくつがえす、ユニークで新しい寺山的幸福論。

角川文庫ベストセラー

誰か故郷を想はざる　寺山修司

酒飲みの警察官と私生児の母との間に生まれて以来、家を出て、新宿の酒場を学校として過ごした青春時代を、虚実織り交ぜながら表現力豊かに描いた寺山修司のユニークな「自叙伝」。

さかさま世界史 英雄伝　寺山修司

コロンブス、ベートーベン、シェークスピア、毛沢東、聖徳太子……強烈な風刺と卓抜なユーモアで偉人たちの本質を喝破し、たちまちのうちに滑稽なピエロにしてしまう痛快英雄伝。

寺山修司青春歌集　寺山修司

青春とは何だろう。恋人、故郷、太陽、桃、蝶、そして祖国、刑務所。18歳でデビューした寺山修司が、情感に溢れたみずみずしい言葉で歌った作品群。歌に託して戦後世代の新しい青春像を切り拓いた傑作歌集。

寺山修司少女詩集　寺山修司

忘れられた女がひとり、港町の赤い下宿屋に住んでいました。彼女のすることは、毎日、夕方になると海の近くまで行って、海の音を録音してくることでした……少女の心の愛のイメージを描くオリジナル詩集。

さかさま恋愛講座 青女論　寺山修司

「少年」に対して、「少女」があるように、「青年」に対して「青女」という言葉があっていい。「結婚させられる」ことから自由になることがまず「青女」の条件。自由な女として生きるためのモラルを提唱。